徳間文庫

波形の声

長岡弘樹

徳間書店

目次

波形《はけい》の声

1

谷村梢《たにむらこずえ》は教室の窓辺に近寄り、そこに置かれた水槽の中へ手を入れた。

逃げる五右衛門《ごえもん》を隅に追い詰め、指でつまみ上げるまで、三秒とかからなかった。

捕まえられてもなお、この小さな磯蟹《いそがに》は、大きなハサミを振り回し、こちらを威嚇《いかく》してくる。ぶんぶんと音がしそうな勢いだ。

細い関節に質のいい筋肉がぎゅっと詰まっているさまを想像しながら、梢は黒板の前へ戻り、五右衛門を高く掲げてみせた。

「はい、注目。ちょっとさ、みんなに訊《き》くけど、蟹ってどっちの向きに歩くか知ってるかな」

「横っ」

「横っ」

「横っ」

児童たちから返ってきた答えはみな同じだった。まだ四年生だから、教師をからかうほど彼らは捻《ひね》くれてはいない。「行きたい方向」などと答える子が出てくるのは、だいたい五年生からだ。

「そう、横だよね。ちょっと確かめてみようか」

梢は五右衛門を教卓の上に置いた。

磯蟹はすぐ、真横に歩き始めた。そして机の端まで行き着くと、それ以上移動すれば落ちると分かっているのだろう、じっと動かなくなった。

「はい、やっぱり横に歩きました。では、どうして横なんでしょう？　それは、足の付き方を注意深く見ると分かりますね。前に歩こうとすると、足と足がぶつかってしまうからで――」

ここでいったん言葉を切り、梢は、教室のほぼ中央に座る児童を見やった。

「ん？　どうしたの、文吾《ぶんご》くん」

その児童、中尾《なかお》文吾が、俯《うつむ》きながら顔の横に小さく手を挙げている。

「言いたいことがあるなら、どんどん喋《しゃべ》っていいんだよ。遠慮しなくていいからね」

「……はい、あ、あの」

ずずっと椅子《いす》を引き摺《ず》る音を立てながら、文吾が立ち上がった。

「その、か、蟹ですけど……」

私語を交わしていた児童たちが二、三組いたが、みな口をつぐんだ。普段ほとんど喋らない文吾が何かを言い出したとあっては、どんな話題よりも興味を惹《ひ》かれて当然だ。

「うん、どうしたの」

「ま、真っ直ぐ前にも、あ、歩けます」

うっそだあ。そんな声が一番前の席から上がった。この夏、海水浴場で磯蟹を捕まえ、五右衛門と名付けたうえで学校へ持ってきた本人、和田悠斗《わだゆうと》の声だった。

「ないない、それは絶対ない。飼い主のおれが言うんだから間違いない」

「うん。先生も横歩きしか見たことないけどな」

言って梢は、教卓の端でじっとしていた五右衛門を再びつかみ上げた。

「ねえ、みんなはどう？　文吾くんの言うとおり、真っ直ぐ前に歩けると思う人、いたら手を挙げてみて」

一人も挙げなかった。

「文吾くん、いま言ったこと、本当なの」

「ほ、本当です」

「だったらさ、この授業中にも、前に歩くかな」

「……たぶん」

「なら、やってみせろよ」

また声を張り上げた悠斗に手の平《ひら》を向け、梢は続けた。

「ねえ、どうやったら前に歩いてくれるの」

「……お、お祈りしないと」

「お祈りって？」

「みんなで、ご、五右衛門に向かって、お願いするんです。前に歩け、真っ直ぐ歩け——って。さ、三十秒間、みんなが祈れば、たぶん前に、あ、歩くと思います」

「うん、なるほどね」梢は児童たちに向き直った。「どう、みんな。お祈りですって。やってみる?」

やるやる、と口々に上がる声を、梢はもう一度手で制した。

「よし。じゃあ、やってみましょう。——ねえ文吾くん、五右衛門は先生が持ったままでいいのかな?」

「はい。……あ、あの、みんな目をつぶってないと駄目です。ちょっとでも見ちゃうと、お祈りが、か、蟹に届かないんです」

「分かった。だったらね、間違って目を開けちゃうといけないから、まず、みんなで後ろを向きましょうか」

梢は空いている方の手でくるりと円を描き、椅子の向きを百八十度変えるように合図を出した。

二十五人の児童全員が、こちらに背を向けた。文吾もだ。

「はい、じゃあ、いまから三十秒を測りますね。先生が『はい』って言ったら目をつむって祈ってください。——はいっ」

何かのスイッチが切れたように、教室が静かになった。前に歩け、真っ直ぐ歩け……。四、五人の児童がぶつぶつと呟《つぶや》く声だけが、かすかに聞こえてくる。

三十秒が経過し、梢は、前へ向き直るように言った。

児童たちの目は一様に輝いていた。中には、蟹の進路よりも、文吾の運命に、何かの期待を感じている子もいるようだ。

「文吾くん、あとはどうすればいいの。五右衛門を置けばいいだけ？」

「……はい」

「さあ、果たしてみんなのお祈りは、ちゃんと届いたんでしょうか」

言いながら、上に掲げていた五右衛門を徐々に下ろしていくと、児童たちが席を離れ、教卓の前へと集まってきた。

再び机上に置かれた五右衛門は、しばらくのあいだ動かずにじっとしていたが、やがて一本の足を前へと出した。次の足も、少し斜めだが、やはり前へ出す。そのまた次の足もだ。

そうして慎重に足場を探るように、ほぼ真っ直ぐ前へと歩いていく。

「わっ、本当だ。文吾くんの言うとおりだったね」

その声は児童たちの喧騒に包まれ、喋った自分の耳にもはっきりとは届かなかった。

ただし二校時目の終わりを告げるチャイムの音だけは、どうにか聞き逃さずに済んだ。

「はい。じゃあ、授業を終わります。——五右衛門を水槽に戻しておいてね」

立場をなくし表情を硬くしている悠斗に言い、教卓から離れると、梢は、一人席に座ったままの文吾に近寄っていった。

「やったね。凄《すご》いじゃない」

声をかけたが、文吾は何も答えず下を向いている。様子が変だ。

「どうしたの？」

「あの……先生。ぼ、ぼく」

「うん」

「昨日の夕方、お、おつかいで、スーパーに行ったんです」

文吾が切り出そうとしているのは、いまの授業とは無関係の話題らしかった。梢は戸惑いながら、机の前にしゃがみ込んだ。

「うん。それで？」

「そのとき、み、見たんです」

「何を？」

文吾は小さな声で何か囁《ささや》いた。かすかに聞こえた声と唇の動きを重ね合わせれば、その言葉はこうに違いなかった。

——万引き。

梢は文吾に顔を近づけ、声を潜めた。「誰がやったの、それ」

「せ、先生が」

「先生って、この学校の先生ってことかな？」

頷《うなず》いた文吾の肩は、よく見ると小刻みに震えていた。

「向こうも、ぼくを、み、見ました」

「お父さんやお母さんには話した？」

この問いかけには首を横に振った。

梢は、持っていたノートの角《かど》を千切《ちぎ》り、文吾の前に差し出した。

その教師の名前を書いてくれというこちらの意図は、無言でも通じたようだ。文吾は机の下から手を出し鉛筆を握った。そのとき、

「ねえ、ねえ、じゃあ、後ろ向きにも歩かせられるの」

五右衛門に群がっていた児童のうち数人が、こちらへ押しかけてきた。

しかたなく梢は、まだ何も書かれていないノートの切れ端をつかみ、手の中で丸めながら立ち上がった。

2

試合の「試」――答案用紙に書かれたその文字をじっと睨《にら》みながら、赤ペンの尻を額に押し当てた。

問題は「式」の右下だ。これは、きちんとはねてあると見ていいのか、それとも単に上向きの曲線と解すべきなのか……。

判断に迷っていると、スタンドの上で電話が鳴った。

梢は、隣の席を横目で見やった。

野添愛子《のぞえあいこ》は、学校から貸与されたパソコンと自分の耳をイヤホンでつなぎ、体を揺らしている。席の近い教師たちが、たまたまみな出払っているのをいいことに、一人休憩を決め込んでいるようだ。ならばこの電話は彼女に任せてもいいだろう。

梢は再び、漢字書き取りの答案用紙と向き合った。

時間が迫っていた。終わりの会まであと五分を切っている。たった十問しかない小テストだが、二十五人分を採点するとなれば、予想以上に時間を食うものだ。所要時間の見積もりを間違えてしまったのは、前回まで勤めていた分校のせいだろう。一クラス四人のゆったりしたあの調子が、まだ完全には体の中から抜け切っていないようだ。

これはオマケだ。そう分からせるために、普通より小さめのマルを試の字につけたあと、梢はもう一度愛子の方へ視線を向けた。

電話はまだ鳴り続けている。だが、彼女は一向に受話器を取ろうとしない。

梢はわざと大袈裟《おおげさ》な手つきで次の答案をめくり、自分の忙しさを隣席の若い女教師に伝えた。

すると愛子は愛子で、机の抽斗《ひきだし》を開け、そこから音楽の教科書を取り出してみせる。わたしも仕事中です、のサインをこうして見せつけられたら、あとは立場の勝負だ。しかし結果はもう決まっていた。向こうは正規の教員で、おまけに教育長の娘ときている。一介の補助教員に過ぎないこちらには勝ち目がない。

赤ペンを受話器に持ち替えると、耳に飛び込んできたのは中年男のガラガラ声だった。

《野添先生いるか？　おれ、田丸《たまる》ってんだけど》

「お待ちください」

乱暴な口調にいくぶん気圧《けお》されながら、送話口を手で押さえ、愛子に声をかけた。

愛子はこちらを振り向き、片方だけイヤホンを外した。

「田丸さんからです」

そう告げると、どういう気持ちの表れだろうか、愛子は、丸形の眼鏡の奥で、これも丸い大きな目を少しだけ細めてみせた。そして顔の前で手を振り、

——い、な、い。

の形に唇を大きく動かした。

「申し訳ありません。ただいま席を外しております」

田丸は無遠慮に舌を鳴らした。テレビでもつけているのか、舌打ちに混じって明るい曲調の音楽が聞こえてくる。北欧の民謡をアレンジしたような旋律だ。

「あの、どのようなご用件でしょうか。申し伝えておきますので」

嘘《うそ》をついてしまった。その後ろめたさから、すぐには受話器を戻す気になれなかっ

た。

《給食費だよ》

「と言いますと？」

《うちのがね、先月は三日食ってないの。その分返してくれんだろ》

やはりこの田丸という男は児童の保護者らしい。先月、彼の娘か息子が学校を三日休んだ。その分の給食費を日割りで返還しろと言っているのだ。

「あの、それはできないと思いますが」

《なんでよ。話が違うぞ。野添先生は、できるって言ったんだから。――いいよ、あんたじゃ話になんねえ。あとでまたかける》

通話が切れ、梢が受話器を置いた瞬間、また電話が鳴った。ただし、今度は普通の「コール音」ではなく、チリリン――黒電話の「ベル音」だった。しかも、かなりのボリュームだ。

どこで鳴っているかはすぐに分かった。

「すみませんっ」

梢は慌てて立ち上がり、服のポケットに手を入れながら、室内にいた教師たちに頭を下げた。

何をうっかりしているんだろう。もしスイッチを切り忘れ、授業中に鳴ってしまったら児童に示《しめ》しがつかない——そうした理由から、勤務中は携帯を身に着けないことが、この小学校での暗黙のルールになっている。それは十分承知していたはずなのに。

ポケットから端末を取り出し、保留の操作でまずはベル音を止めてから、頰《ほお》を火照《ほて》らせたまま更衣室へ駆け込んだ。

端末を開き、あれこれボタンを押してみる。だが、昨日買い換えたばかりの端末だから、音量を調節する方法が分からなかった。間抜けとしか言いようがない。昨晩、着メロをお気に入りの黒電話に設定したことですっかり満足してしまい、ボリュームの方にまで気が回らなかった。

画面に表示された番号から、いまかけてきた相手は、携帯電話の親会社だと知れた。おそらく、小売店の応対はどうでしたか、などと訊《たず》ねるアンケート調査だったのだろう。

気がつくと、終わりの会が始まる時間になっていた。

梢は、ハンガーラックに吊《つ》るされたいくつもの服を掻《か》き分け、自分の上着を探し始めた。

　いまは更衣室からロッカーがすべて撤去されている最中だった。なんでも、備品の償却期間が過ぎたから交換するらしい。そのため、教職員の私服は大きなハンガー掛け一つにまとめて吊るされている状態だった。

　やっと自分の上着を見つけ、ポケットに携帯を突っ込んでから、四年二組の教室へと走った。書き取りテストの結果を渡すのは明日に延期だ。

　異変に気づいたのは、教室に入ってすぐのことだった。

　文吾の前後左右に座った子供たちがみな、彼から離れるように体を傾けているのだ。そのため、文吾の周囲に一種の空白地帯ができている。

「はい、始めて」

　黒板の前に立つ日直の児童にそう告げたあと、梢は、いつものように最後列の空席に向かった。

　万引きの犯人をまだ聞き出していなかったのを思い出しながら、文吾のそばを通ってみる。すると微かに異臭がした。堆肥《たいひ》の臭《にお》いだ。どうやら彼の足元から臭ってくるようだった。周囲の児童が彼を避けるようにしていたのは、このせいらしい。

今週の清掃当番表に目をやると、なるほど文吾は屋外の担当になっていた。おそらく、落ち葉を片付けているときにでも、誤って堆肥の穴に落ちてしまったのだろう。

いまちょうど、体育館の裏で堆肥作りの実習をしているところだった。穴を掘り、生ゴミを溜《た》め、醱酵《はっこう》させているのだ。まだ完成していないため臭いはきつかった。

「何か連絡はありませんか」

日直の言葉に手を挙げたのは悠斗だった。

「谷村先生に渡す寄せ書きについてです。今日までにおれんところへ持ってくるように、みんなにお願いしてたはずですけど、まだ受け取ってません。いま誰が持ってますか」

寄せ書きか。

文吾の様子を気にする一方で、梢は、児童たちが昼休みに回し書きしていた色紙《しきし》を思い描いた。百円ショップで売っているような、ごく普通の色紙だった。大きさは三十センチ四方ぐらいか。中央には、自分の似顔絵が描いてあった。その絵を取り囲むようにして、

――さようなら。

——お元気で。

——またいつか。

児童たちが短い言葉を書き入れていた。

来週の水曜日、送別会の際、こちらが受け取る予定になっているその色紙が、いま誰で止まっているのかはすぐに判明した。文吾だった。

「中尾くん、もう書いたんですか。書いたらさっさと次の人に回してください」

悠斗が声を尖《とが》らせる。

「……まだです」

「では早く書いてください。いますぐです」

「む、無理です」

「どうしてですか」

「家に、あるからです。明日、も、持ってきます」

「では中尾くん、必ず持って来てください。あと何かありませんか。——なければ終わります」

会を締めくくった日直が、自分の席に戻るのと入れ違いに、梢は立ち上がった。もう一度文吾の横を通り、机の上に「ちょっと残って」のメモをそっと置いてから教卓へと向かう。

「はい、では今日はこれで終わりです。帰り道では車に気をつけるように。おかしな人に声をかけられたら、迷わずブザーを押すこと。いいですね」

さようならの挨拶《あいさつ》をし、児童たちがみな教室から出ていったあと、彼らの背中を追うようにして、梢もまた昇降口へ急いだ。

職員用の下駄箱を開け、そこに置いてあった自分のスニーカーを手にしてから、教室に戻ろうとした。そのとき、

「谷村先生、ちょっと」

背後から声をかけられた。振り返ると、そこに立っていたのは教頭の仙道《せんどう》だった。

「どうするんです？　それ」

こちらが持っているスニーカーを指さし、仙道が訊いてくる。

梢は、文吾の身に起こった事情を伝えてから、これを彼に貸してやるつもりだと説明した。サイズは合わないだろうが、まあ履けないこともないだろう。

「その中尾文吾のことなんですがね」仙道は腕を組んだ。「実はわたし、さっきたま

たま見たんですよ」

「何をですか」

「あの子が突き落とされるところをですよ。堆肥の穴にね」

突き落とされた？　自分から落ちたのではなかったのか。

「掃除の時間、中尾は三人に囲まれていました。いずれも先生のクラスの子供たちです。彼を堆肥に突き落とした主犯は、和田悠斗ですよ」

そういうことか。今日の二校時目が原因だ。あの理科の授業が。五右衛門の一件で恥をかかされた悠斗が、その仕返しをしたわけだ。

「前はなかったんですけどね、あんなこと」

仙道は眉間を寄せた。補助教員風情が余計なことをやらかし、クラスを引っ掻《か》き回しているのではないか。そう疑っているようだ。

何も言い返せなかった。

自分は、正規の担任が海外研修から帰って来るまでの代打でしかない。担任には担任なりの考え方があってクラスを運営しているのだから、一か月半限定の「担任もどき」が勝手にいじってしまっては混乱を招いてしまう。

それはいままでの経験から分かっていたはずだ。なのに……。

梢は一礼してその場を離れ、教室へ戻った。

文吾の姿はすでに消えていた。

3

略図をひっくり返し、北を上にしてから、自分の体の向きも変えてみた。

おかしい。このあたりにフラワーショップがあるはずだ。しかし見当たらない。その店舗を目印にして、文吾の家を探し当てるつもりだったのだが……。

同じ道を何度か行きつ戻りつしてみても、やはり花屋の看板を見つけることはできなかった。どうやら職員室にあった住宅地図は古かったようだ。

インターネットで調べてくればよかったと悔やみながら、そして、補助教員にはどうしてパソコンが貸与されないのかとぼやきつつ、梢はポケットに手を入れた。文吾の家に電話をした方が早い。そう思って携帯を探る。

なかった。

端末がなくなっている。

なぜだ。終わりの会へ向かう前、たしかに上着のポケットに入れたはずなのだが……。

どうやらあのとき、自分の服と誰かのそれを勘違いしてしまったようだ。

すぐに頭に浮かんだのは愛子だった。彼女が今日着てきたジャケットは、いま自分が羽織っているものとよく似ていた。四十九と二十四。年齢こそ四半世紀も離れているが、服の趣味は似ているらしく、彼女とはときどき柄や形が被《かぶ》るのだ。

先ほど、学校を出る前に更衣室へ立ち寄った際、愛子の上着はすでになくなっていた。彼女は、ポケットに他人の携帯が忍び込んでいるとは気づかないまま、外出してしまったようだ。もしかしたら、もう帰宅しているのかもしれない。

梢は、道路の斜向《はすむ》かいに見つけた小さな郵便局へと足を向けた。そこに設置されていた公衆電話から、まずは自分の携帯にかけてみた。

愛子の顔を思い浮かべながら、早く気づいてくれと願いつつ、受話器の向こう側で鳴る呼び出し音の回数を数え続ける。

それが十回を超えた時点であきらめ、いったん受話器を置いた。

今度は文吾の家の電話番号を押してみる。しかし、こちらも応答がなかった。郵便局にあった新しい住宅地図で調べ直し、やっと中尾宅の玄関前に着いたときには、もう午後四時を少し回っていた。

呼び鈴を押した。だが先ほどの電話と同じで、こちらも応答はなかった。

文吾の母親は仕事を持っているというから、不在だろうとは予想していた。だが文吾本人は外で遊ぶような子ではないし、親しい友達がいるようでもない。だからきっと、自分の部屋にでも籠《こ》もっているはずだと思ったのだが……。

アポも取らずに押しかけた自分が悪かったのだと納得し、次の目的地へと足を向けることにした。

『ストアー・タマル』と看板が出ているその店は、文吾の家からほど近い場所にあった。ほかにスーパーと呼べるような場所は、この近所にはなさそうだから、彼が「おつかい」を命じられた店は、ここと見て間違いない。

店内に入ると、客の姿はまばらだった。その一方で、タイムセールでもやっているのだろう、方々に置かれたＣＤラジカセから流れるＢＧＭだけは、やけに賑《にぎ》やかだ。

その曲はといえば、北欧あたりの民謡をアレンジした旋律――先ほど電話で聞いたものと同じものだった。

愛子が受け持つ二年三組の名簿を調べ、田丸という子の保護者欄に「小売業・スーパー経営」の文字を見つけたとき、すぐにここが頭に浮かんだ。先ほど田丸は、おそらく、この店内を歩き回りながら携帯でかけてよこしたのではないか。

夕どき——一番混雑するはずの時間帯なのに、この程度の客足だ。店の経営が、いまどういう状態にあるかは、だいたい察しがつく。おそらく田丸は、資金繰りの足しにするため、給食費の返還にこだわっているのではないか。

……いや、小学生の給食費三日分といえば、せいぜい五、六百円といったところだ。経営状態がどうこうなるような金額ではない。

すると、愛子にクレームをぶつけることで田丸が解消したがっているものは、帳簿の赤字ではなく、日頃の鬱憤《うっぷん》というやつなのかもしれない。

梢は店を出た。

自宅へ向かって歩く道すがら、頭に浮かんだのは悠斗の顔だった。

彼が学級委員長に選ばれたのは、活発さゆえのことだろう。それはいいが、振る舞いがやや乱暴に過ぎはしないか。なんでも、父親が所轄署で刑事をやっているらしい。

その影響かもしれない。犯罪者を相手にする仕事とあっては、たしかに柔《やわ》な態度では務まらないだろう。

一人暮らしの自宅に帰ると、梢は踵《かかと》をさすった。久しぶりに長い距離を歩いたせいで、靴擦《ず》れが生じていた。

疲れも溜まっていて、何もする気が起きない。

居間の卓袱台《ちゃぶだい》に身をあずけ、ぼうっとしていると、また寄せ書きの言葉が脳裏をよぎった。

さようなら。お元気で。またいつか。

どれもありふれた文句ばかりだった。その点は、過去に勤務したどの学校でも同じだった。

だが、それでいいのだ。あだ名をつける暇もなく、すぐに姿を消してしまう補助教員など、児童たちの記憶には残らないのだから、何も特別な言葉を書いてくれる必要はない……。

いつの間にか、寝入ってしまっていたようだ。電話の音で目を覚ましたときには、時刻はもう午後七時を過ぎていた。

寝ぼけた声を出さないように、二言《ふたこと》三言《みこと》発声の練習をしてから受話器を取った。
《中尾文吾のことなんですがね》
仙道からだった。数時間前と同じ言葉を口にした教頭の息遣いは荒かった。
《家で襲われたんですよ》
何を言われているのか、すぐには理解できなかった。
聞けば、今日の夕方、中尾宅に侵入者があり、文吾が首を絞められたという。
《仕事から帰った母親が発見しましてね、気の毒に、だいぶ取り乱しているようです》
呆然《ぼうぜん》とするこちらの耳元に、仙道の声が続いた。
《中尾が運ばれたのは、市立病院です。いまのところ息はあるようですが、これからどうなるか……。とりあえず、午後八時から教職員会議を開きますので、学校に来てもらえませんか》

4

谷村先生、と背後から呼ばれたのは、会議室へ行く途中だった。振り向くと、愛子が何かをこちらへ差し出しながら近づいてくるところだった。

「これ、先生のですよね」

思ったとおりだ。愛子が手にしていたのは、携帯電話だった。

「中身をちょっと調べたら、四年二組のデータがあったので、ああ、谷村先生のなんだあ、と思って。――ごめんなさい。勝手に覗《のぞ》いてしまって」

梢は端末を受け取りながら、もう片方の手を振った。

「いいえ、謝るのはこちらの方です。すみませんでした。助かりました。――あの、途中で一度、鳴りませんでしたか」

「さあ、どうでしょうか。そこまでは、ちょっと分かりません。いま拾ったばかりですから」

「え……。拾った？　どこでですか」

「更衣室ですよ。ハンガーラックの下に落ちていました」

「そうだったんですか。でも変ですね。わたし、野添先生のジャケットに間違って入れちゃったはずなんですけど」

「でしたら、わたしが着たとき、ポケットから床に落ちたんじゃないかしら」

違う。もし愛子の言うとおりだとしたら、あとから更衣室に入った自分の目に触れているはずだ。

「ええ」

納得はできなかったが、梢は頷いてみせた。

「それにしても大変なことになりましたね。中尾くんの家、居間とか寝室から金目《かねめ》のものが盗まれてたみたいですよ。ですから、居直り強盗かもしれませんね」

居直り強盗……。空き巣がうっかり文吾と鉢合わせをしてしまい、大声を出されまいとして手をかけた、というわけか。

梢は深く息を吐きながら、先ほど見てきた光景を思い出した。

ここへ来る前、もう一度文吾の家まで足を運んでみた。「住宅」から「現場」と化した家の前には警察の車両が何台か停まっていた。黄色い規制線と、その向こうで動き回る捜査員の腕章を目にしても、これが実際に起きたことだとは、まだ信じられなかった。

「どうして狙われたんでしょう……。ねえ谷村先生、今日の中尾くん、様子はどうでした？　何か言ってませんでした？」

「いえ、別に」

脳裏を「万引き」の文字がかすめたが、まずは伏せておいた。

「そうですか。だけど会議って、何時までかかるんでしょうね。どうしようかな、授業の準備。――谷村先生は、明日の午前中、何ですか」

「国、体、社、音です」

「ああ羨《うらや》ましい。こっちはもう最悪」

愛子の時間割を思い出してみる。金曜日の午前中、二年三組は、たしか算、理、図、図ではなかったか。ならば羨ましいのはこちらの方だ。理科や図工ほど面白い科目はないだろうに。

ともあれ、こんな事件があったのだ、普通に考えて、おそらく明日の授業はすべて中止になるのではないか。

会議室へ入ると、男性教師たちが机を並べているところだった。梢は筆記用具を置いてから、愛子と一緒に給湯室へ向かった。

「ところで谷村先生、さっきは助かりました」愛子は両手を体の前にそろえ、かくんと頭を下げてみせた。「あの田丸って親、本当にしつこかったの。給食費を返せ返せって。もう相手してるのが面倒くさくなっちゃって」

だからついつい日割り返還を約束してしまったのだという。

「でも、これからどうするつもりなんですか。またかかってきますよ、電話」

「放っておきますよ、あんなの。そのうちほとぼりが冷めるでしょうから」

「ですけど、やっぱりちゃんと説明した方がいいんじゃないんでしょうか」

保護者とのトラブルは、これまで幾度も経験している。放置することで、うやむやのまま収束するケースもたしかにあるが、こじらせて暴力事件にまで発展した例も少なくない。

「できないものはできない。そうはっきり訂正して、なんとか納得してもらうべきだと思います」

茶を準備していた愛子の手が一瞬止まった。そしてこれも一瞬だが、彼女の横顔が、触れれば電流でも感じそうなほど、強張《こわば》ったようにも見えた。

「谷村先生」

しかし、振り向いた愛子の顔にあったのは、これまでになく愛想のいい笑みだった。

「あとは、わたしがやりますから大丈夫です。どうぞ、もう席に着いててください」

「でも」

「いいえ。あの、わたしの場合、親が親でしょう。ですから」

教育長の娘という立場にあぐらをかき、働きもせずにお高くとまっている。そんなふうには思われたくないということだろう。気持ちは分からないでもない。

「じゃあ、お言葉に甘えます」

会議室へ戻った。

隅の席に座り、配られてきたレジュメを手にする。

保護者への連絡、教育委員会との調整、マスコミ対策、そして児童たちへの説明……。ずらりと並んだ議題を目で追いながら、なぜだろうと考えた。

なぜ愛子は嘘をついたのだろう。

梢はレジュメを置き、代わって携帯電話を取り出した。

これを愛子は、自分のポケットで見つけたに違いない。なのに、床に落ちていたと言い張った。この携帯をしばらく持ち歩いていたという事情――それを隠したがっているようにも思える。

会議中に鳴ってはまずい。とりあえず梢は、携帯の電源を切った。

トレイに茶を載せた愛子が近づいてきたのは、ちょうどそのときだった。

「どうぞ」

「ありがとうございます」

言った直後だった。太股《ふともも》に誰かの手が触れたように感じた。手の平をべたりと押し当てられたあと、思いっきりつねられた。そんな感触があった。

何が起きたのかを悟ると同時に、襲ってきた強烈な熱さのせいで、梢は椅子から飛び上がっていた。

5

「では、帽子とジャンパー、それから腕章をお渡ししますので、当番の際はそれを着用してください。——ええ、では以上で打ち合わせを終了します」

通学路での立ち番について。それが最後の議題だった。司会役の教師が散会を告げたときには、時計の針は十一時半を回っていた。

太股にスラックスが触れないよう注意しながら、梢は立ち上がった。

愛子に茶をかけられたあと、濡れた部分を急いでつまみあげ、トイレに駆け込んだ。水をかけて冷やし、どうにか火傷《やけど》は防いだつもりだった。しかし、いまになって湿布の下がじんじんと疼《うず》き始めている。

——あら、ごめんなさい。手が滑っちゃって。

わざとらしい声で詫《わ》びた愛子は、その後、何食わぬ顔で会議に出席し、終わりの合図とともに早々と姿を消していた。

疼きに耐えながら考えたのは、やはり文吾の姿だった。明日のうちに、時間をもらって、病院へ顔を出そう。面会は無理だろうが、行くだけは行ってみよう。ついでに皮膚《ひふ》科へ寄り、この火傷も診てもらおうか。

そう考え、許可を得るために仙道へ近づいていくと、ちょうどその仙道の方がこちらへ手招きをしているところだった。

「谷村先生、今日の夕方、もしかして、中尾文吾の家へ行きませんでしたか」

「行きました」

「困りますね。家庭訪問をするときは、ちゃんとこっちに断ってもらわないと」

「すみません。本人か保護者に、ちょっと話しておきたいことがあったものですから
……」

仙道がこちらの行動を摑《つか》んでいた理由は、おそらく、郵便局の防犯カメラだろう。警察がそれを調べ、犯行のあった時間帯に映っていた人物を割り出した。その情報を警察から得たのだ。

「まあいいでしょう。ところで、いまここに刑事さんが来ているんですよ。なんでも、谷村先生に話があるそうです。こっちへ」

仙道に連れられて向かった先は、職員室の隣にある応接室だった。

中に入ると、校長がいた。テーブルを挟み、背広を着た二人の男がソファに座っている。年配と若手という組み合わせだ。年配の方が自分の名前を和田と名乗るまでもなく、悠斗の父親だと分かった。顔がよく似ている。

「谷村先生ですね」

口を開いた和田の横で、若手が黙ってメモ帳を構えた。

「お訊きしますが、文吾くんは工作が好きだったんですか」

息子が世話になっています――まずはそんな台詞《せりふ》が出てくるかと思ったが、和田が投げてよこしたのは妙な質問だった。

「いえね、彼の部屋が散らかっていたんですよ。犯人に襲われたとき、机の上にあったものが、みな床に落ちたようです」

床には、紙コップ、針金、カッターなどが散乱していたという。

「はい。得意でした。とても」

「そうですか。ところで、先生が文吾くんの家へ行ったのは何時ごろでしたか」

「四時ごろだったと思います」

校長と仙道がそろって体を硬くしたのが分かった。先ほど会議で耳にしたところでは、文吾が襲われたのが、まさにその時間帯らしい。この符合が何を意味するのかを考えれば緊張するのも無理はない。

和田に求められるまま、中尾宅を訪問した際の状況を喋った。

「なるほど。先生は呼び鈴を押した。だが返事がなく、黙って引き返した……。つまり、家の中には一歩も入っていないんですね」

「ええ」

「間違いありませんか」

「間違いありません」

「実はですね」和田は指を屋根の形に組み合わせた。「文吾くんは、襲われる直前に、ある言葉を口にしているんです」

「どんな言葉ですか」

「谷村先生」

「はい？」

「『谷村先生』です。文吾くんはそう言ったらしいのです。隣家の主婦が証言しています。洗濯ものを取り込もうとベランダに出たとき、文吾くんの部屋から、そのように聞こえてきたと。彼はなぜ先生の名前を口にしたんでしょうか」

首を横に振るしかなかった。見当もつかない。

「なんでも、文吾くんには吃音《きつおん》の気《け》があったそうですね。そのせいか、家でも学校でも普段からほとんど喋らず、独り言も口にしたことがないらしいのですが」

「あの」仙道が口を挟んできた。「襲われたとき、とっさに担任教師の顔が浮かんで、助けを求めた——そういうことではありませんか？」

「失礼ですが違うと思います。隣家の主婦によれば、文吾くんの声はこんな調子だったらしいのです」

和田は口真似をしてみせた。たにむらせんせい。声が平仮名で聞こえてきそうな、ゆっくりとした喋りだった。

「助けを求めているのなら、もっと急いで喋るでしょう」

目を伏せた仙道をよそに和田は続けた。

「一番自然な解釈は、それが、すぐ近くにいる人への呼びかけだったということです。つまり、谷村先生はそのとき文吾くんの部屋にいた、という解釈ですね。——先生、正直に答えてください。文吾くんと先生の間に、何かありませんでしたか」

「何かとは、どういう意味ですか」

「確執や諍《いさか》いという意味です」

「ありません」

本当ですね、と言わんばかりに、和田は視線を合わせてくる。

「文吾くんの部屋に寄せ書きの色紙があったんです。中央に先生の似顔絵が描いてありました」

それは知っている。

「その絵には、画鋲《がびょう》が刺さっていました。ちょうど額のあたりに」

それは知らなかった。

「もう少し詳しく言えば、勉強机の上に画鋲が一つ、針を上にして、両面テープで留めてあったのです。その針に色紙が裏返しの状態で刺さっていたわけです。この行為が意味するところは何でしょう？　普通に考えれば……」

怨恨《えんこん》しかありえない。

「色紙の裏側には、円形の溝がいくつも刻まれていました。カッターの刃で彫ったんでしょうね、みな同心円です。これに心当たりは？」

「ありません」

「そうですか。いずれにしろ文吾くんは、下校中からもう、先生の顔に針を突き刺すことで頭がいっぱいだったようです。なにしろ玄関の鍵をかけ忘れたぐらいですから」

息が苦しくなり、梢は靴の中で足の指を丸めた。

「同じく犯人も慌てていたようですね。文吾くんの生死を確認しないまま現場を立ち去っています。――先生、今日の夕方、何かお急ぎの用事でもありませんでしたか」

「いいえ。あの、はっきりおっしゃってください」どうしても声の震えを抑えられなかった。「わたしを疑っているんですね」

「谷村先生。理由さえはっきりすればいいのです。あなたが現場にいなかったにもかかわらず、文吾くんがあなたの名前を呼んだ理由さえ。それが合理的で納得できるものであれば、嫌疑はすぐに晴れます。ですが、はっきりしない以上、状況からして――」

「でも、待ってください」また仙道が割り込んできた。「居直り強盗のセンはどうなったんですか」

「あの荒らし方なら、盗みはただのカモフラージュでしょう。我々が見れば一発で分かります」

仙道が唇の端をかむと、応接室の柱時計が日付の変更を告げ始めた。

梢は膝の上で拳《こぶし》を握った。時計の音が一つ鳴るたびに、湿布を貼った太股がひどく疼いてならなかった。

6

「ほかに反省点はありませんか」

日直の声を聞きながら、梢は窓の外に目をやった。

今日も朝から、カメラを抱えた新聞やテレビの記者連中が何人も、校舎の周りをうろついていたのだが、もうあらかた引き揚げたようだ。

ただ一人だけ、校庭のフェンス際に立ち続けている男がいる。今朝、自宅の窓からも見た顔だった。和田の部下だろう。容疑者の逃亡を警戒し、張り込んでいる刑事だ。

目を閉じてみる。体が重い。いや、重さを通り越し、反対にふわふわと浮いているようだ。呼吸がやけに浅くなっているのは、疲れがピークに達している証拠だ。

文吾が襲われたのが、十月八日、木曜日の夕方だった。

翌金曜日に全校集会が開かれ、事件の概要が校長から児童に伝えられたあと、一斉下校となった。

その日の午後、市立病院へ足を運んだが、やはり文吾との面会はかなわなかった。学校へ戻ってから、昨日の日曜日にかけては、ずっと学校で寝泊まりをしていた。教育委員会への報告や、スクールカウンセラーの手配などに忙殺されていたためだ。

気持ちも体も疲れきっている。今回の任期は明日と明後日を残すだけだが、たった二日間とはいえ無事に務められるかどうか自信はない。

さようならの挨拶をし、児童たちがいなくなった。

ただ一人だけ残ったのは悠斗だった。彼は窓際まで行き、水槽に手を入れた。五右衛門を摑み上げ、廊下に出て行く。

梢もその後に続いた。

前を歩く悠斗の足取りには力がなかった。どうして一人だけ残されたのか、どうして五右衛門を持って理科室へ行けと命じられたのか、理由が分からず不安なのだろう。

理科室に入ると、梢はキャビネットの一つに歩み寄った。そこから取り出したのは、バスケットボールがすっぽり入るぐらいの箱だった。

箱を実験台の上に置いた。蓋《ふた》を開け、中にあったものを悠斗に見せる。

蓄音機だ。科学雑誌の付録についていた、電池で動く小型のレプリカだった。二週間ほど前、自分が組み立てて、学校に持ってきたものだ。

悠斗の表情が少し変わった。

「先生、これ、ちゃんと音出んの？」

「もちろん」

箱の底にEP盤のレコードが何枚かあった。昔、自分が趣味で聞いていたもので、収録されているのは、どれも音楽ではなく古典落語だった。

そのうちの一枚を蓄音機にかけてみると、かなり雑音が混じるものの、「富久《とみきゅう》」の一節がホーンからちゃんと流れてきた。

お、すげえ。先ほどまでの不安気な表情をきれいに消し去り、悠斗は、五右衛門を手に持ったまま、上下左右あちこちから蓄音機を眺め始めた。

一週間前、あのおとなしい文吾ですらも同じように、この小さな機械に強い興味を示していたのを思い出す。

――な、なんで、音が出るんですか。

「先生、これ、なんで音出んの」

思ったとおり悠斗も同じ質問をしてきた。

「レコードにはね、細かい波形《なみがた》の溝が刻まれているの。その溝に針を走らせれば波の形に合わせて針が震えるでしょう。これが音の正体なの。その震えを、ホーンに伝えて大きくしてやれば、人の耳に聞こえるわけ」

説明しながら、梢は蓄音機のスイッチを切った。そして本体からホーンや針の部分を取り外し、ターンテーブルだけを実験台の上に残した。それを指さし、悠斗に命じる。

「さ、ここに五右衛門を置いて」

「なんで?」

「いいから」

悠斗が言うとおりにしたあと、梢は再び蓄音機のスイッチを入れた。

ターンテーブルが、五右衛門を乗せたまま回り始める。一分間に四十五回転だ。遠心力のせいで、小さな磯蟹は外側へ飛ばされそうになったものの、姿勢を低くし、どうにか踏ん張っている。

三十秒ほど経ってから、梢はスイッチを止め、五右衛門を実験台の上に置くよう悠斗に言った。

悠斗の手を離れた五右衛門は、ゆっくりとだが、横ではなく前に歩き始めた。

口を半開きにしてその様子を眺めている悠斗の横顔に、梢は続けた。

「昔からある簡単なトリックよ。でも、レコードに馴染《なじ》みがないいまの子たちなら、知らなくても無理はないかもね」

梢も腰をかがめ、悠斗の目線と同じ高さから五右衛門の歩みを見つめた。

「誰でも、体を回転させたあとは、真っ直ぐ前に歩けず、ふらふらと横へ行っちゃうでしょう。蟹だって人間と同じなの。ぐるぐる回されたら、真っ直ぐ横には歩けず、前に行っちゃうのよ」

「じゃあ、もしかして、この前も……」

「そう。先週の理科の時間はね、授業が始まる前に」梢はもう一度ターンテーブルを指さした。「これを教室に持ち込んで、教卓の下に隠しておいたの」

「だったら、みんな後ろを向いてるあいだに、先生が……」

「ええ。机の下で、これを使って五右衛門の目を回していたわけ」

「なら、グルだったのかよ、先生と文吾って」

頷いた。

「なんでそんなことしたんだよっ」

文吾がクラスの中で疎外されていることは、四年二組を受け持ってすぐに分かった。放っておけなかった。もしも彼が、ほかの児童たちから見直されるようなことを何かやってみせれば、状況が少し変わるような気がした。そんな矢先に、悠斗が蟹を教室に持ち込んだ。そこで、このトリックを決行してみる気になったのだ。

いま悠斗が口にした質問への、それが答えだったが、梢は黙ったままでいた。

教室へ帰ると、五右衛門を水槽の中に戻した悠斗が、ランドセルを背負おうとした。しかし、まだ解放するわけにはいかない。梢は、今度は体育館の裏手へ行くよう、彼に命じた。

「正直に答えてちょうだい」

堆肥の穴に背を向けるようにして立ち、梢は悠斗に言った。

「この前、文吾くんを突き飛ばしたでしょう。ここへ」

「さあ、何のこと?」

悠斗はふて腐れた顔を作り、足元の石ころを蹴った。

「間違わないでね。五右衛門を真っ直ぐ歩かせようって言い出したのは、文吾くんじゃなくてわたしなの。だからあなたが突き飛ばす相手は先生なのよ」

悠斗から目を離さずに、梢はもう一歩、堆肥の方へ後退《あとずさ》った。踵が穴の縁を踏んだのを感じながら文吾の顔を思い描く。

申し訳ないと思う前に、自分の愚かさがやりきれない。

いい気になって、ずいぶんと馬鹿な真似をしてしまった。たぶん、悠斗に種明かしをする必要などなかった。そうするまでもなく、子供たちはすぐに真相を見破るはずだ。そのとき、かえって文吾がいじめられるかもしれない。そんなことにすら、考えが至らなかった。

気を取り直し、悠斗に言った。

「ほら。早くして」

悠斗が顔を上げた。「早くって、何を？」

「突き飛ばすのよ、わたしを。この穴の中に」

悠斗が後ろに下がった。泣きそうな顔で首を振る。

「しょうがないわね」

顔の前で飛び回る蠅《はえ》を手で払ったあと、梢は背後に向かってジャンプをした。

7

出勤するとすぐ、帽子を被りジャンパーを羽織った。今日もいまから通学路で立ち番だ。保護者に付き添われて登校してくる子供たちを見守らなければならない。

朝の貴重な時間。できれば授業の準備に使いたい。しかし一般人のボランティアも数多く道端へ出てくるとあっては、当の学校教師がサボるわけにはいかない。

「あ、先生、お電話ですよ」

若手の教師から呼び止められたのは、いざ職員室から出ようとしたときだった。

《あんたなの。谷村先生っていう人は》

四年二組の保護者からだった。

《うちの子がですね、例の事件にショックを受けちゃって、布団から出て来られなくなったんですよ。そんなわけで、今日は休ませてもらいますから》

こちらが何か言う前に、通話は切れていた。

受話器を置くそばから、またすぐに次のコール音が鳴った。いまのと同じ内容の連絡だった。その後も七、八件、同様の電話が相次いだ。

結局、通学路に立てないまま始業時間を迎えたころ、今度は仙道がそばに来て言った。

「突然の話で申し訳ないんですがね、今日の一校時目を、臨時に授業参観ということにしてもらえませんか」

どうやら、児童の付き添いで学校へ来た保護者の中に、そのまま帰らず「四年二組の授業を見せろ」と要求してきた者が何人かいるようだった。

承知して、仙道と一緒に教室へ向かうと、児童の母親たちが五、六人ほど廊下に固まって立っていた。中に入るよう彼女たちに告げ、自分もドアを開けた。

全部で二十五名いる児童のうち、十名が欠席していた。

「文吾くんはまだ目を覚ましていませんが、命は助かります。もうちょっとすれば、すっかり元気になって登校してきますから、心配は要りません」

今朝病院から伝えられた内容を簡単に連絡してから、授業を始めた。

一校時目は図工だった。いまは自由工作をやらせている。児童は各自、作りたいものを作ることになっていた。

「みんな、今日のうちに完成させてくださいね」

努めて明るい声を出したが、児童たちは誰も返事をしなかった。

彼なら何か言ってくれるのではないかと期待し、梢は最前列の悠斗を見やった。

だが、その悠斗も下を向いたままだ。ただ黙々と作業を続けている。机の上に置いてあるのは、紙コップやカッターナイフ、針金、それに丸く切った厚紙だ。何を作っているのか見当がつかない。

「ね、分かった」

梢は、悠斗の隣に座る女子児童に近づき、腰をかがめた。

と、その子は急に椅子から立ち上がった。そして教室の後方へ逃げて行き、母親だろう、保護者の一人の背後に隠れてしまった。

やはりだ。

保護者たちはもう知っているのだ。侵入者に襲われたとき、文吾がどんな言葉を口にしたのかを。たぶん、彼の声を聞いた隣家の主婦から伝わったのだろう。

「谷村先生。この際ですから、はっきりお訊きします」

女子児童を匿《かくま》った母親が、ずいっと一歩を前へ踏み出してきた。

「噂《うわさ》があるんですよ。先生が文吾くんの首を絞めたっていう。これはただの噂だと思っていいんですか。それとも事実なんですか」

「事実ではありません」

「じゃあ、どうして」別の母親が睨みつけてきた。「文吾くんは先生の名前を呼んだんですか」

「分かりません」

「あなたが犯人だから呼んだんでしょうに」

「私は犯人ではありません。はん」

犯人は――そう続けようとした言葉を、梢はすんでのところで飲み込んだ。

実は一人、容疑者の姿が念頭にある。

その人物は、スーパーを経営する保護者とトラブルを起こしていた。腹いせに店の商品を万引きした。そこを文吾に見られ、口を封じようとした。

万引きの隠蔽《いんぺい》。たったそれだけの理由で殺人を企てるか？　罪の重さを比べれば考えにくい話だ。

しかし、その人物――彼女の場合はどうか。だいぶ思慮の浅い人間だ。おまけに、少し意見されただけで臍《へそ》を曲げ、暴力で報復してくるほど幼児的でもある。まして親は市教育界のトップだ。窃盗罪一つでも、公《おおやけ》になれば失うものは大きい。

だが、彼女を犯人だと名指しするには証拠がない。すべてが推測の域を出ていないのだ。

梢は児童たちを見渡した。文吾の残した言葉を、子供たちはどう受け取ったのだろう。保護者たちと同じようにこちらを疑っているのだろうか……。

だが、十五人の顔は俯いたままで、どの児童の表情からも胸の裡《うち》を読み取ることはできなかった。

「谷村先生っ」

突然、大きな声が教室中に響き渡った。声の主は悠斗だった。だが悠斗が呼びかけた相手は、こちらではなく、机の上にある紙コップだった。

悠斗は紙コップから口を離し、丸い厚紙を動かした。

すると紙コップから音がした。雑音ばかりだったが、その中に、一つの言葉が混じっていた。それはこう聞こえた。

《谷村先生っ》

8

校庭の隅に設置された木製のブランコは、大人が三人腰掛けてもまだ余裕があるほどのサイズだった。和田はそこに一人で座っていた。どこで拾ったのだろうか、子供のように棒切れを手にしている。

「不審者と間違われますよ」

刑事――外を飛び回る仕事だ。だから長くやっていれば、きっと、応接室のような奥まった場所が苦手になるのだろう。そんなことを思いながら梢が声をかけると、和田は立ち上がり、少し恥ずかしそうに笑った。

「ついさっき、ここの警備員さんから職務質問を受けましたよ」

和田がブランコの端へ寄った。梢は彼の隣に座った。

「どうも、お呼び立てして、すみませんでした。改めまして、お詫びします。事件の晩は、とんだ失礼をしてしまって」

「いいえ。それが刑事さんのお仕事ですから」

「その埋め合わせと言っては変ですが、現在まで分かっていることをお知らせします。もっとも、差し支えない範囲で、という制限つきですが」

「お願いします」

言って、梢は校舎へ目を向けた。いまは給食の準備時間だった。一年生のクラスだろうか、近くの教室から、子供たちのにぎやかな声が聞こえてくる。

「あ、それから、もう一つ言い忘れていましたね」

梢が視線を戻すと、和田は大袈裟に首筋を掻いてみせた。

「いつもうちの息子が迷惑をおかけしています。昨日、女房から聞きました。なんでも酷《ひど》い臭いをさせながら帰ってきたとか」

「悠斗くんはいい子ですよ」

体育館の裏手での出来事から、まだ二十時間ほどしか経ってないというのに、なぜかずいぶん昔のように思えた。

何にしても経験から分かる。泣きそうな顔をしながら、だが自分もまた堆肥の中に足を踏み入れた悠斗の行動は、これから少しずつ変わっていくはずだ。

「どうでした、図工の授業は？　あいつのは、ちゃんと声が出ましたか」

「それはもう、見事でした。あれ、和田さんが作らせたんですね」

「はい。昨日の晩、あいつから蓄音機の話を聞きましてね。それがヒントになりました」

「どうしてすぐに気づかなかったんでしょう。考えてみれば、蓄音機って、家に転がっているものでも作れたんですよね。紙コップ、カッターの刃、それから厚紙なんかで」

「ええ。手作りの方がいいですよ。再生だけでなく録音もできるところが、何といっても面白い」

梢は頷き、今朝、悠斗がやってみせた工作を思い返した。

画鋲を一つ、針が上に向くようにして机に貼りつける。そこに厚紙を被せ、中心を針で貫けば、その厚紙がくるくると回転するようになる。

それから、紙コップの底にカッターの刃を取り付ける。その刃先が厚紙の表面に少し傷をつけるぐらいの高さを決めたら、針金などでスタンドを作り、紙コップを固定する。

この状態で、厚紙を手で回しながら紙コップに向かって大声を出せば、振動が刃に伝わり、波形の線になって紙の表面に刻まれていく。もうこれで立派なレコードだ。

吹き込んだ声を再生するときは、この溝にもう一度カッターの先を当て、紙レコードを手で回すだけだ。そうすれば、刃先が波の形に従って震え、その振動が音声となって紙コップから出てくる。

この工作だった。襲われたとき、文吾がやっていたのは。

「ところで先生」

和田は、持っていた棒で地面に四角形を描き始めた。線は歪《ゆが》んでいるが正方形だ。

「これを寄せ書きだと思ってください」

犯人の指紋がついている可能性があるため、実物は鑑識に回している最中です。そのためまだ返却できません。そう謝ってから和田は続けた。

「前にもお伝えしましたよね。裏面には同心円が刻まれていたと」

和田は四角形の中に、まず円を一つ描いた。

「線は三本ありました」

最初の円の外側に、さらに二つの円を描き足す。

「いや、正確には三本半です。最後の一本は途中で切れていました。こんな感じです」

　三つ目の円の右側に、半分だけの曲線を描き入れると、和田は空いている方の手を背広の懐に差し入れた。そこからＩＣレコーダーを取り出し、スイッチを押す。

　ざらざらと酷い雑音に混じって、かろうじて聞こえたのは文吾の声だった。

　――た……せん……せん。

「文吾くんの『寄せ書きレコード』を、鑑識で再生してみました。その音です。いまのがこの」和田は棒で一番内側の線を指し示した。「最初の溝でした。次が二番目のやつです」

　――たに……せい……ません。

「手作りの粗末な装置ですから、一回の録音だけではうまくいきません。できるだけはっきり声を残そうと、文吾くんは二回目を試みたわけですね。しかし、これもいまひとつでした。次が三番目の溝です」

　――たにむ……せんせ……わす……ません。

「ずいぶんはっきり聞こえるようになりました。でも文吾くんは、これでも満足しなかった。『谷村先生を忘れません』。その言葉を、文吾くんだけの寄せ書きを、できるだけしっかり残そうと、彼は四回目の録音に挑戦しました」

和田は半分だけの円を棒でなぞってから、ICレコーダーのスイッチを押した。

——たにむらせんせい。

「いままでのどの録音よりもうまくいきました。ですが残念なことに……」

ここで犯人に襲われたのだ。隣家の主婦が聞いたのも、この部分だったのだろう。

「ところで先生、この四番目の録音についてですが、いまお聴きになって何か気づきませんでしたか」

「……いいえ、別に」

「実は、文吾くんの声とは違う音も入っているんです。犯人を示す手掛かりになるかもしれない音ですから、もう一度聴いてみてください。ぐっと近づけて」

和田がICレコーダーを差し出してきた。言われたとおり、それを耳に押し当てるようにして再生ボタンを押してみる。

和田の言うとおりだった。注意して耳を傾ければ、ごくかすかにではあるが、文吾の声の背後に、もう一つの音を、たしかに捉えることができる。聞き覚えのある音だった。

校庭沿いの通りを車が行き交っていた。その流れが途絶えるタイミングを待ち、今度は目を閉じてから、再び同じ部分を聴いてみた。

やはり間違いない。あの音だ。

「どうですか、先生。気づかれましたか」

「はい」

「何の音だと思われます？」

その質問に答えると、和田は軽く指を鳴らした。

「よく分かりましたね。鑑識の意見もまったく同じでした。犯人が文吾くんの首に手をかけようとしたまさにその直前に、これが鳴った。だから彼の声に混じったわけです」

「ええ」

「ところで、この音が出るものを現場で探したのですが、文吾くんの部屋には見当たりませんでした。ですから音源は、犯人が持っていたと考えるのが妥当だと思われます」

「そうでしょうね」

「しかも予期しないタイミングで鳴ったようです。犯人が、文吾くんの生死を確かめもせずに現場から逃げたのは」

「突然の音に動転したせい、ですか」

「おそらく。それから、犯人は色紙をみすみす現場に残していますので、たぶん知らなかったんでしょうね。文吾くんの行為が録音作業だったことも、色紙がレコードになるということも」

「はい。おっしゃるとおりだと思います。理科や図工は苦手のようですから」

いままで推測にすぎなかったものが、ようやくはっきりと確信に変わったのを感じながらそう答えると、案の定、こちらを覗き込む和田の目は、滑稽なほど丸くなっていた。

「あとはわたしがご説明します」

言ってから、梢は、もう一度ＩＣレコーダーのボタンを押してみた。今度はまた、文吾の声を聴くことだけに意識を集中してみる。そのため、混入した背後の音——黒電話のベルの方は、ほとんど耳に入らなかった。

宿_{しゅく}敵_{てき}

1

集積所のゴミ袋をカラスがつついている。

須貝欣一《すがいきんいち》は散歩の足を止め、近くに落ちていた小石を拾った。

狙いを定めて投げたが、かすりもしなかった。

カラスがこちらを向いて嘴《くちばし》を大きく開いた。欠伸《あくび》をしているように見えた。短い鳴き声を発したのかもしれなかったが、自分の耳には何も届かなかった。

一つ息を吐き出し、目を閉じた。

スタジアムにこだました大きな歓声が、耳元によみがえる。

一九四八年の選抜高等学校野球大会に、控えだったが投手として出場した。怪我をしたエースに代わり最終回のマウンドに立ち、二人の打者に投げた五球のボールは、どれもよく切れていた。六十五年の歳月が流れたいまでも、あの感覚は体の芯が覚えている。

二つ目の石を拾い上げ、今度は振りかぶって投げた。

また当たらなかった。

喧嘩《けんか》でもしたのか、カラスの首を見ると、片側が少し禿《は》げていた。その周囲には、たぶん血液が乾いた跡だろう、赤黒い塊《かたまり》が点々とこびりついている。この個体は、前にも見た記憶があった。こいつは不思議と、午前五時ちょうどになると、この集積所に舞い降りてくる。三メートル以内にまで近づけば、ばさっと勢いよく翼を広げてこちらを威嚇《いかく》してくることも、経験から分かっていた。

パッパッ、と、喇叭《らっぱ》のような音が間近で鳴らされるのを背後に聞いたのは、三投目も見事に外れたときだった。

最初はその音が、自分に向けられたものだとは思わなかったため、欣一は振り返らなかった。すると再び車のクラクションが鳴らされた。怒気を含んだ鳴らし方ではない。親しみ、いや、馴《な》れ馴れしさがこもったそれだ。

車道の方へ顔を向けると、紺色のセダンが道路の真ん中に停まっていた。誰の車であるのかは、前部バンパーの左隅を見てすぐに分かった。そこに、目の粗《あら》いやすりをかけたような傷があったからだ。よく、砂の上で転んだ半ズボンの子供が、膝小僧のうえに、ちょうどこんな傷を作っている。

瀬川兵輔《せがわひょうすけ》の車だ。

その後ろには、赤い軽自動車が続いている。こちらに乗っているのは五十年配の女だった。瀬川家の嫁、比奈子《ひなこ》の顔には、今日も化粧気がまったく感じられない。

運転席の窓がゆっくりと下がっていった。それが完全にドアの中に隠れると、兵輔が手をあげてきた。

「やっ、須貝さん、おはようございます」

運転席を覗《のぞ》くと、シフトレバーの近くに取り付けられたホルダーには、携帯電話がセットされていた。シガーソケットには、この携帯電話と連動しているらしいハンズフリー用のキットが差し込まれている。今日も兵輔は、後ろの比奈子と通話をしながら走っていたらしい。

兵輔は、最近になって眼鏡を変えたようだった。前は薄い茶色だったレンズの色が、さらに濃さをましているため、目から表情を読み取ることは難しい。そういえば、緑内障を患《わずら》ったと聞いていた。いまは強い光を目に入れることができないのだろう。

口元に限っていえば、それは薄く笑っていた。

「おはようございます。今日も比奈子さんのお相手ですか」

去年免許を取ったばかりで、運転の不慣れな比奈子のために、このところ兵輔は、早朝のドライブ練習に付き合っているようだった。

助手席に乗って指導したのでは、一人でハンドルを握るときに不安になる。そうした理由から、二人別々の車で走っているという。兵輔は、バックミラーで比奈子の運転の様子を確認しているのだろう。

軽い会釈も添えて挨拶《あいさつ》を返し、内心で舌打ちをした。

——見つかっちまった。

兵輔の車が毎朝午前五時前後に、この道路のこのあたりを通ることは分かっていた。その前に朝の散歩を終えて家へ戻るつもりだったが、カラスに気を取られ、時間を忘れてしまっていた。

ここ野毛里《のげさと》地区は、市の北端に位置していた。山裾《やますそ》に二百世帯ほどが固まっている寂《さび》れた一帯だ。

地区内には、まだ都市計画の手が入ったことのない曲がりくねった道路が多かった。おまけに交通量が少ないせいもあって、それほど傷《いた》んではいない。だから車の走行音もあまりしないのだ。その点も、兵輔の接近に気づかなかった一因だ。

いまは補聴器をしていなかった。何か話しかけられても面倒だ。

「じゃ、失礼」

兵輔が口を開く前に立ち去ろうとした。

すると、すぐにまたクラクションを鳴らされた。

窓から顔を出した兵輔が、短く何か言葉を吐いた。

だが、よく聞き取れなかった。唇の動きから台詞《せりふ》の内容を推し量るしかなかった。

集積所の方へ向けられた兵輔の視線を考えれば、カラスを追い払おうとしたことについての発言であることは確からしいのだが……。

――ご苦労さま。

ではないのか。そう見当をつけ、手を振って謙遜《けんそん》してみせた。

「いやいや。別に大したことはしちゃいませんよ」

兵輔の眉が怪訝《けげん》そうに中央へ寄った。どうやら読みは外れたらしい。

また兵輔が口を開いた。先ほどと同じ台詞を繰り返したようだった。

だが今度も聞き取れなかった。こうなっては、薄い笑いを浮かべ、あいまいに頷《うなず》いておくしかない。

案の定、兵輔の眉根で皺《しわ》が深くなった。

額のあたりに脂汗が浮いたのを感じたとき、視界の隅で何かが動くのを捉えた。兵輔の後ろに続いた軽自動車の方だ。

そちらに目を向けると、運転席の比奈子が、車のフロントガラスに白いメモ紙を押し付けているところだった。

2

「比奈子さんが助け船を出してくれたわけですか。……なるほど、カンニングペーパーとは考えましたね」

自宅へ戻り、先ほどの出来事をゆかりに話すと、長男の嫁は、感心したふうに頷きながらも、どこか呆《あき》れたような表情をその丸顔の陰に浮かべてみせた。

「ああ。機転が利くよ、あの嫁は」

ただしメモ紙に書かれていた兵輔の台詞――【あぶないですよ】は、比奈子の外見同様、ずいぶんと控えめな文字だったため、読むのにいささか骨が折れた。

「携帯で会話しながら走っていたから、兵輔さんの声が彼女にも聞こえたわけですね」

「そういうことだろう」

「たしかに、カラスに石をぶつけようとするなんて、危ないですよ。本当に気をつけてくださいね。相手は異常に頭がいいですから。ちゃんと人の顔を覚えていて、忘れたころに逆襲してくることもあるそうですよ」

「そんなことは、こっちだって知ってるさ」

――ではお先に。

誇らしげにエンジンをふかし、欣一の前に排気ガスの塊だけを残して、紺色のセダンは、やけにゆっくりとした速度で走り去っていった。

あの様子を思い返すと腹が立つ。バックミラーに映った兵輔の顔には、勝ち誇ったような色があったように思えてならないのだ。

「それにしても、お義父さん。素直にそれを着けて歩けばいいじゃないですか」

ゆかりは、こちらが耳にかけた補聴器に向かって軽く顎《あご》をしゃくった。

普段はこの補聴器が手離せないが、朝の散歩など、兵輔と会うことが予想されるときは着けないようにしていた。

「何も、そんなに見栄を張らないで」

――そうはいくか。

欣一は、居間の壁にずらりと飾った額縁に目をやった。

健康優良と認められた高齢者の元へ、地区の行政センターから定期的に贈られる表彰状の数は、もう二十枚に達していた。

知恵、度量、人徳、指導力といった、経験で培《つちか》われた様々な能力によって、老人は後進から尊敬を集める。普通はそうだ。しかし、この地区で昔から何よりも重視されているのは健康だった。

元気に自分で物事をこなせるかどうか。

ここではそれが、年寄りの優劣を決める基準なのだ。

十年前、斜向《はすむ》かいに引っ越してきた兵輔が、家族そろって、初めてここへ挨拶に来たときの驚きは、いまもよく覚えている。

「瀬川」という苗字は珍しくないが、「兵輔」は特徴のある名前だ。一九四八年、甲子園出場をかけた県大会の決勝で、ともに最終回を投げ合った相手高校のピッチャー。その氏名と一致していたのだから、玄関の上がり口から首を前に突き出し、相手の顔を凝視《ぎょうし》してしまったとしても、失礼には当たらなかったはずだ。

兵輔もこちらを見てすぐにピンときたらしく、比奈子たちが挨拶の言葉を述べているそばで、彼は、架空のボールをストレートの指で握り、軽く放るまねをしてみせたものだった。

ともに現在八十二歳だ。一九三〇年五月——生まれた年も月も同じだし、同じ賞状を同じ枚数だけ持っているとあっては、この地区に住んでいる以上、かつての因縁《いんねん》があってもなくても、ライバル心を燃やすなという方が無理だろう。

「どうにかごまかそうとしてきましたけれど、耳のことは、きっともう、前から兵輔さんにバレていますよ」

──だろうな。

「それからね、お義父さん。ついでだから言わせていただきます。こっちはもうやめたらいかがです？」

ゆかりは両手の拳《こぶし》を軽く握り、体の前に出してみせた。ハンドルを持つ真似らしい。

「もう若くないいんだし。いいえ、何よりも健康のためですよ。元気でいるには歩くのが一番なんですから。いっそのこと今日から、徒歩で通勤したらどうですか」

「でもなあ、乗っていかないともったいないだろう」

市営駐車場の業務員は、施設の一角を無料で使えることになっている。

「また。お義父さんが車で行きたがる理由は、そんなせこいことじゃなく、お向かいさんがまだ乗っているからでしょう。わたしだって、ちゃんと知っているんですからね。お義父さんが、兵輔さんと張り合っていることを」

「もう一杯くれ」

ゆかりの前に出した湯呑《ゆのみ》は、きれいに無視された。

「どちらが運転を長く続けられるか、競争しているんですよね。──まったく、子供じゃあるまいし、つまらない意地を張るのは、もうやめたらどうなんです。いい歳《とし》こいて大人気《おとなげ》ありませんよ。第一、枯葉マークもつけていないし」

「枯葉？　もみじの間違いだろ」

「そんな話をしているんじゃありません」

ゆかりは椅子《いす》から立ち上がった。

そしてテーブルを離れると、居間の壁に張った一枚の紙をこんこんと拳で軽く叩《たた》いた。紙には「正」の字が二つ、左右に並べて書いてある。ただし、右側の文字はまだ最後の一画が抜けていた。

全部で九画。つまり九箇所。それは、車のボディについた傷や凹《へこ》みの数だった。こちらが運転し、どこかにぶつけるたびに、ゆかりはこの紙に一画を書き足してきたのだった。

「正」の字が完全な形で二つ並んだら運転をやめる——そんな約束をこの嫁としてしまったことに、いまでは少し後悔の念を覚えている。

「この約束を果たさなければならなくなる前に、いい加減にあきらめて、免許証を警察に返納したらどうですか」

「せっかく取ったのに、自分から返すのか？」

この先、運転をやめたと宣言することはあるにしても、免許証を返してしまうことまでは考えていなかった。

「それはちょっともったいないだろう」

「人をはねてからでは遅いんですっ」

「でもなあ」

「ただ取り上げられるだけじゃありませんよ。代わりに運転経歴証明書というものがもらえるんです。それだって免許証と同じく立派に身分証明書として通用するんですからね」

そういえば、

――さて、どっちが先に免許を返納しますかねえ。

かつて地区の寄り合いで兵輔と顔を合わせたとき、冗談混じりにそんなことを言い合ったことがあった。しかし、そのとき兵輔の目は少しも笑っていなかった。おそらく、その点は自分も同じだったと思う。

「ここはお義父さんの方が大人になってください。先に折れてあげたらどうなんですか。こっちが運転をやめれば、瀬川さんのお爺《じい》ちゃんだって、無理してハンドルを握らなくなります。だから、負けるんじゃありません。負けてあげるんですよ。――話は変わりますけど、お義父さん」

よくもまあ、ずいぶんと忙《せわ》しなく動くものだ。ゆかりの顔の下半分を見ているだけで、ちょっとした退屈しのぎにはなる。それはそうと、この口にはやや遠慮というものが足りない。少しは比奈子の奥床しさを見習ったらどうなのか。

「すみませんけれど、これからちょっと手伝ってもらえませんか」

「何を」

「ベランダにあるの、ご存知ですよね」

「だから何が」

「す、ですよ」

口にするのもおぞましいのか、言ってゆかりは顔をしかめた。蜘蛛《くも》の巣の話か。それを取り除いてほしいようだ。

「自分でやれるだろ、そのぐらい」

この嫁は、あの八本足の節足動物が近くにいるというだけで鳥肌が立ち、ひどいときには吐き気を催すらしいが、ならば、そばによらずに遠くから柄の長い箒《ほうき》でも使って始末すればいいだけのことではないか。

「あれはただのジョロウグモだ。もし嚙《か》まれたって何ともないよ」

言いながら、視線をテーブルの隅にやった。そこには、先月発行された地区の広報誌が置いてある。表紙は兵輔と比奈子が並んだ写真だ。

手にして、開いてみた。

瀬川親子の運転練習が紹介された記事は一ページ目にあった。【早朝に咲く義父の愛情】。つけられた見出しは、田舎の広報誌らしく、いかにもクサい。

かつて兵輔の経営していた印刷会社が倒産寸前まで追い込まれ、その窮地を比奈子の実家から借金することでどうにか切り抜けたという。そうした経緯を知っているからだろうか、前を行く紺色のセダンより、後方に控えた赤い軽自動車の方が大きく感じられてならなかった。

3

出勤時間になり、片足を靴の中に入れたとき、

——人をはねてからでは遅いんです。

先ほどゆかりから受けた忠告が脳裏《のうり》によみがえり、今日はバスで行こうかと考えた。ならば、裏口から出て行かなければならない。

午前九時。この時間ならば、とっくに比奈子の運転練習から戻った兵輔が、斜向かいの家から、こちらの様子をうかがっているはずだ。

表玄関を使ったら、徒歩で通勤することを知られてしまう。それは避けたかった。姿を隠して出て行くには、裏口を使うしかない。

——いや、駄目だ。

そんなみっともないことができるか。自分の家から出るのに、こそこそと泥棒のような真似をする必要がどこにあるというのだ。

もう片方の足にも靴を履かせると、下足箱の上に置いてあるコンテナボックスの中から車のキーをつかみ取った。呼吸を整えてから、ドアのノブに手をかける。

瀬川家に背を向ける直前、二階の窓ガラスに取りつけられているカーテンが、かすかに揺れたように思えた。たぶん兵輔だ。やはり、こちらの出勤時間に合わせて見張っていたようだ。

　わざとエンジンを一吹かししてから家を出た。

　二速の半クラッチでそろそろと大通りへ出た直後、バックミラーの細長い鏡面が、青いボディによって、ほぼ完全に塞《ふさ》がれた。トラックの前面部だ。ドライバーの顔すら見えないほど近い位置まで車間距離を詰めている。

　何度かブレーキランプを点滅させ、近すぎるじゃないかとサインを送った。それでも離れようとしない相手に舌打ちをしたとき、制限速度を示す道路標識が目に入った。赤い枠で囲まれた丸い看板の中には青い字で「50」と書いてある。一方、目の前にある速度計は、それより十キロほど少ない値を指していた。煽《あお》られる非は自分の方にあったようだ。

　バックミラーを見ながらアクセルを踏み、目を前方に戻した。

　行く手に人影が立っていた。中年の男だった。

　赤く点灯する光も見えた。信号――。

　力の限り、ブレーキペダルを踏んだ。

　透明な指で上下に押し広げられたのかと思うほど、歩行者の男は目を大きく見開いていた。その顔に浮かんだ表情が、驚きから怒りに移り変わっていく瞬間を、欣一はなかば茫然《ぼうぜん》としながら眺めていた。

男は目を丸くしたまま、自分の体からわずか数センチしか離れていない位置で止まったボンネットを、両方の手の平でばんと叩いた。

彼の口から罵声《ばせい》を浴びていた時間は、ちょうど一分間ほどだろうか。

男は、まだ何か言いたそうなそぶりを見せていたが、運転手が自分よりもずっと年上であることをようやく悟ったせいか、それ以上の怒声を吐き出すことはせずに、横断歩道を渡って去っていった。

こめかみから頬にかけて水滴が這《は》っていくのを感じた。下着が湿っぽくなっていて、ちょっと体を動かしただけで冷やりとする。

反対車線に停まっている車の中からは、若いカップルが、もの珍しそうにこちらを見ていた。

他人に汗を見られるのが嫌だった。

信号が青になると、欣一は、ブレーキのペダルからそろりと爪先を浮かせ、アクセルをゆっくりと踏み込んだ。

周囲の風景が動き出す。

ふとバックミラーを見上げると、そこにはまだ、青いトラックの姿があった。ドライバーから送られてくる厳しい視線もそのままだった。犯罪者を蔑《さげす》むときに、人はこういう目をする。

だが、トラックは徐々に車間距離を空けていった。当然だろう。いつまた急ブレーキをかけられるか分からないのだから。

顔を前に戻した。

ハンドルを握っているときは、いつもぶつぶつと独り言を口にしているが、いまは唇をわずかに動かすことすらできなかった。

4

カーラジオが午後四時を告げると、ちょうど自宅が見えてきた。

朝の出来事がずっと尾を引いていたせいで、今日は業務に身が入らなかった。日報のつけかたを五箇所ばかり誤り、釣り銭も三回ほど間違えて渡してしまった。当然、場長からは渋い顔をされた。

もう八十を超えている。いくらシルバー人材センターの雇用年齢に上限がないとはいえ、周囲からは暗に肩を叩かれ続けていた。

ほかの職員は六十代ばかりなので、ひときわ高齢の身は、料金所に来たドライバーからぎょっとした目で見られることもあった。

もしまた連続してミスを犯すような事態が起きれば、今度こそはっきりと誰かの口から「辞めろ」の一言を聞くことになるだろう。

斜向かいの瀬川宅へ目を向けると、道路に面した車庫の中には、紺色のセダンと赤い軽が並んで停まっていた。

駐車の仕方に注目してみる。セダンの方は、車庫の壁に対して、車体の側面がわずかながら傾いているものの、高齢者にしては上出来の部類に入るだろう。

兵輔もまたこの停め方に満足しているようだった。それはシャッターが上がっていることから明らかだ。うまく車庫入れが決まったときに、こうして自分の運転技術を見せびらかしにかかるのは、いまに始まったことではない。

反対にこのシャッターが閉じている場合は、扉の陰で、紺色のセダンはみっともなく斜めを向いているということだ。

兵輔の車庫を通り過ぎると、今度は自分が車庫入れに挑む番だ。

仕事柄、「駐車」の二文字は生活に密着していると言ってもいい。だが同時にそれは、あまり好きな言葉ではなかった。

三十年ほど前、運転免許を取ったときには、既に老境へさしかかっていたにもかかわらず、検定に一度も滑ることなく合格した。数ある試験項目の中で、最も得意だったのがバックでの車庫入れだった。

ところが今では、後退しながらハンドルを握ると、ときどき、それをどちらに切ったらいいのか分からなくなるありさまだ。

車庫とは言ってもこちらの駐車スペースは、斜向かいのように独立した小屋ではなく、屋根だけがついている簡単なカーポートだった。狭いうえに車止めがないため、いつも緊張を強いられる。

また、すぐ隣にはゆかりのワゴン車が停めてあるため、接触に気をつけなければならない。

かといって、あまりにこのワゴン車から離れすぎると、屋根を支えている鉄柱にぶつけることになる。

深呼吸をしてからギアをバックに入れ、慎重に車の後部を屋根の下へ入れていった。

よし、と思った。どうにか一度で車庫入れをきめることができたのだ。

ところが、ドアを開けて外に出てみると、左後部のフェンダーがワゴン車に触れそうなほど近づいていた。運転席にいるときは、まっすぐに収まった状態を頭の中に思い描いていたのだが、現実はだいぶ違っていた。車両感覚の狂い方も日増しにひどくなっていくようだ。

溜め息をつきながら、ふたたび運転席に着いた。切り返しを試みたところ、今度は、前部のフェンダーが、ゆかりの車へくっつきそうになってしまった。

もう一度前進し、車の前半分を道路に出してから再び挑戦する。

だが、どんどんバックしていくうちに、ハンドルを切る方向が急に分からなくなった。慌ててブレーキを踏もうとしたところ、今度は、足元にある二つのペダルのうち、どちらがブレーキで、どちらがアクセルなのか、一瞬見当がつかなくなった。

交差点で轢《ひ》きそうになった男の顔が、鮮明に思い出されたとき、鈍い音と一緒に、嫌な振動が体に伝わってきた。後部のフェンダーを、カーポートの屋根の支柱にこすりつけてしまったらしい。

最初にしたのは、フロントガラス越しに、斜向かいの家に目をやることだった。兵輔に、いまの音を聞かれはしなかったか。

いつも兵輔がこちらを監視するときに使う二階の窓。まずいことに、そこに彼の姿があった。

降りる前に、ドアの内側に肘鉄《ひじてつ》の一つも食らわせてやろうと思ったが、はしゃぎながら階段を降りてくる兵輔の姿が想像されたせいで、その気力も萎《な》えた。

車の後部に回り込んで破損の具合を調べてみたところ、後部フェンダー部の凹みは、ほとんど目立たないほどだった。白い傷が何本かできているだけだ。

自動車が持つ運動エネルギーの量は、たいていいつも、こちらの想像を大きく超えているものだ。大したことはないなと思っても、実際に見てみるとひどい破損である場合が大半であることを考えれば、これは珍しく小さな傷と言える。

そのときになって初めて気づいた。瀬川家の玄関口にはバケツを手にした比奈子も立っていて、こちらに顔を向けている。宿敵のみならず、その嫁にまで、いまの失態を嗅ぎつけられてしまったようだ。

比奈子がバケツを持ったまま道路を横切り、こちらへ寄ってきた。

「ちょっと失礼します」

柔らかく笑って彼女は、いまできたばかりの車の傷に、バケツの水をかけた。

「こうしてすぐに傷が消えるようなら、まったく問題はないんですけど……」

傷は消えなかった。

「でも大丈夫ですよ」比奈子は笑顔を崩さなかった。「いまなら、タッチアップペンという便利な塗料がありますから。この程度のキズなら、自分ですぐに直せます」

「自分で？　本当ですか」

「ええ。まず六百番のサンドペーパーを、軽く傷に沿ってかけていくんです」

比奈子は手の平を使って車体を擦る動作をしてみせた。

「それからテープでマスキングをして、車体と同じ色のタッチアップペンを、傷の上から塗るだけです。いえ、塗るというよりは盛っていくという感じでしょうか」

兵輔と自分が同年齢であるように、この比奈子もまたゆかりと同い年《どし》だという。するといま五十一か。傘寿《さんじゅ》を過ぎた身からすればまだまだ若いが、そのわりには手の甲が荒れ、細かい皹《ひび》がいくつも走っている。よく働いているという証拠だ。

「塗料が乾いたら、今度は千番の細かいサンドペーパーで削っていけば、きれいに傷が消えるはずです」

「やけに詳しいですね。運転が苦手なわりには。――いや、すみませんね、これは失礼なことを言いました」

「いいえ。運転が下手な分、車の本はたくさん読んだんです」

「そうでしたか。何はともあれ、いろいろと教えていただいて助かりましたよ」

比奈子に頭を下げながら、彼女の義父がいつまでも降りてこないのはなぜだろうと、不思議に思った。

5

翌日は仕事が休みだった。午後から市街地へ車で出かけた。

タッチアップペンなるもののベージュ色を探すのに、何軒か店を回らなければならなかった。

デパートの地下にある店でようやく買い求め、外へ出ると、時刻は午後四時を少し回ったところだった。帰宅ラッシュまでにはまだ間がある。八十二歳の足でも、信号のない道路を横断することは、それほど難しくはなかった。

駐車場までの近道を通りながら、もう吐く息が白く見える季節になっていたことに、いまさらながら気がついた。濡《ぬ》れた歩道には、黄色く変色した街路樹の葉が散らばっている。コートの襟を立てようかと迷う。手袋は絶対に嵌《は》めてくるべきだった。

サイレンの音を耳にしたのは、車を停めたコインパーキングの敷地へ足を踏み入れようとしたときのことだった。

見ると南の方角から、赤い回転灯がこちらに向かってくる。交通量は多くないとはいえ、路上駐車の車両が多いせいで、救急車は思うように前に進めないでいた。業を煮やしてか、助手席にいる隊員がハンドマイクを握り、道を開けるように半分怒声で呼びかけている。

好奇心から、救急車を追いかけていくと、駅前の交差点で再び先ほどの赤い回転灯を目にすることになった。そこには白と赤の車両だけではなく、白と黒に塗り分けられたワゴン車も止まっていた。

けっこう大きな事故があったらしい。

合図灯を持った警官が、車の流れを誘導し、集まってきた野次馬を整理している。

その先には、電柱に突っ込みボンネットを大きく破損させた乗用車があった。紺色のセダンだ。

もしやと思い欣一は、運転席を見つめながら事故車両へ近づいて行った。いつの間にか小走りになっていた。

ドライバーのシートには人影がなかった。もっと近くで見たいと思い、現場の周辺に群がった野次馬をかきわけて進み、最前列の肩と肩の間からあごを突き出す。

コンクリートの電柱が、ちょうどボンネットの中心線を狙ったかのように、正面から紺色の車体にめりこんでいた。かなりの衝撃があったに違いないことは、素人目にもよく分かった。居眠り運転だろうか、現場にはブレーキを踏んだ痕跡が見当たらない。

砕けたフロントガラスに走ったひびが、使い古して捨てられた漁網《ぎょもう》のように見えた。横のガラスは完全に割れており、そこから内部を窺《うかが》うことができるようだった。

さらに近づき、もう一度運転席に人物の影を探し求めた。

目についたのは萎《しぼ》んで垂れ下がったエアバッグだけだった。ハンドルを握っていた人物は既に、事故車の傍らにとまっている救急車の中へ運び込まれてしまったらしい。あるいはすでに病院へ搬送されたのかもしれなかった。

普段から目にしているはずなのに、どうしてナンバーを覚えておかなかったのかと悔やんだ。せめて最後の二桁くらいでも諳《そら》んじていたら、いま目の前で潰《つぶ》れているのが、彼の車かどうか、すぐに分かったものを。

いや、待て。

それを確認する方法がもう一つある。あの目印だ。

もう一度野次馬を押しのけ、最前列に立った。いい位置だ。ちょうどバンパーの左端がこちらに向いている。

だが、砕けた電柱から降り注いだコンクリートの粉末が車の前部一面を覆《おお》っていた。この状態では、あの傷があるかどうか、分からない。

もっとよく見るには、歩道のガードレールに両方の太腿《ふともも》をぴたりとつけ、上半身を車道の方へ乗り出すしかなかった。そこからさらに手を伸ばし、バンパーを覆った粉を払い除《の》けようと試みる。

誰かに肩をつかまれたのは、手が届く直前のことだった。

「ちょっと何やってんの、あんた」

横を向くと、紺色の制帽を被った若い男の顔がすぐ近くにあった。現場の整理に当たっている警察官だ。

「駄目だよ、触ったりしちゃ。ほら、下がって下がって」

警察官はこちらの前方に回り込み、歩道と車両の間に立ちはだかった。その大きな体に視界は完全にふさがれてしまった。

6

天気予報によれば、南から暖かい空気の固まりが押し寄せてきているという。なるほど、今日はいまのところ、上着さえ肩に引っ掛けておけば、わざわざボタンまでかける必要はなかった。

兵輔が自宅のテラスで日光浴をしていることは、先ほど二階のベランダから確認してあった。

欣一は、昨日のうちに準備しておいた風呂敷包みを手に、瀬川家の門をくぐった。

「ちょっとだけお邪魔しますよ」

「やっ、どうも」

兵輔が顔を上げると、眼鏡の角に陽光が鋭く反射した。

「よかったら、これ、もらってくれませんかね」

テーブルの上に風呂敷包みを置き、結び目を解きにかかった。

「何を？」

「洋酒ですよ。コルドン・ブルーとかいうウィスキー。こっちは日本酒党だから、あちらの酒には疎《うと》いんです。なので、美味いのかどうか、よく分からないんですけどね」

「コルドン・ブルーなら、ウィスキーじゃなくてブランデーですよ。――それはそうと、本当にもらっていいんですか。高かったでしょうに」

高かった。七百ミリリットルしか入っていないくせに一万円以上した。

「いや、実を言うと、もらいものなんですよ」嘘をついた。「こっちが無理して飲んでもしょうがないんで、ちゃんと味の分かる人へと思いましてね」

どういう風の吹き回しだ、と訝《いぶか》っているふうでもある。その一方で、心底ありがたがっているふうでもあった。眼鏡レンズの色が濃過ぎて、目元が分からないから、兵輔の表情を読み取ることができない。

欣一は左手をジャケットのポケットに入れ、そこから一枚のカードを取り出した。

そして、

「さ、どうぞ」

洋酒の箱を右手で押してやり、左手に持っていたカードを、そっと無言で箱の隣に並べてみせた。

――兵輔ならいいのに。

そう思ってしまった。

先日、電柱にぶつかって壊れた車。あれを運転していたのが、斜向かいにすむ宿敵の男ならいいのに、と。

実際のドライバーは、新聞報道によれば、八十二歳ではなく二十八歳の、そして男ではなく女だったようだ。もちろん兵輔とは何の関係もない人物だろう。

免許証の返納を決めたのは、あの日、帰宅してからのことだった。そうしなければ、もっと恥知らずな人間になってしまうだろうと思った。こうして詫びの品など持参したところで、自分が下司《げす》な人間であることに変わりはないのだが、かといって、何もしないではいられなかった。

欣一はそのカード――運転経歴証明書から手を離し、兵輔の顔を窺《うかが》ってみた。

「ありがとう。では遠慮なく頂きますよ」

次の言葉を待った。しかし彼はもう黙っている。

運転経歴証明書を、とんと指先で叩いてみせてから、また兵輔の顔を覗き込んでみた。

それでも、このカードに対する、当然あるべきはずの何らかのリアクションを、相手は見せようとしなかった。

その直後、自分の口から、はっと小さく漏れた声を欣一は聞いた。

分かったのだ。先日、カーポートの柱に車をぶつけたとき、兵輔がなぜ降りてこなかったのか。その理由が——。

7

台所にいたゆかりに、いま買ってきた商品の箱を見せた。

「何ですか、それ」

「携帯電話が手ぶらで使えるようになる道具だよ。最近流行《はや》っているようなんで、ちょっとうちでも使ってみようと思ってね、手に入れてみた」

　台所と続きになっているリビングへ移動し、箱を開封し始めた。

「ゆかりさん、これで操縦してくれないか」

「操縦？　何をです」

　欣一は親指を立て、それを自分の胸につきつけた。

「お義父さんを、操縦するんですか」

「ああ、ただし、いまのところは一日に一回、三十分だけだ。こっちもいろいろと忙しいからな。三十分だけ、これをこうして――」補聴器をはずし、代わりにマイクの付いたレシーバーを耳にかけた。「着けるようにするから。その間に、こっちの携帯電話にかけてよこしなさい。そして家事の手伝いでも何でもいいから、自由に命令すればいい」

「……どういう風の吹き回しですか、いきなり」

「いいから、ほら、さっそくこき使ってみたらどうだい」

　ヘッドセットから延びたコードを自分の携帯につなぎ、両手が空いている状態にした。

「さ、早く」
おずおずといった手つきで、ゆかりが台所に設置した電話の受話器を取り上げた。
家族の携帯番号はみな固定電話に登録してある。こちらの携帯を鳴らすには、ボタンを三つばかり押すだけでこと足りた。
《聞こえますか?》
親指と人差し指でOKのサインを作ってみせたところ、ゆかりはようやく戸惑いの表情を消し去り、代わりに小さな笑みを浮かべると、こんと一つ咳払いをした。
《声で操縦すればいいんですよね、お義父さんを》
「そうだ」
《ラジコンみたいに》
「ああ」
《じゃあ、まず、そこから右を向いてください》
言われたとおりにした。
《まっすぐ進んで、リビングから出てください》
廊下に出た。

《階段を上って二階に行ってください》

階段の方へ向かうと、ゆかりの姿が視界から消え、彼女は声だけの存在になった。

《二階に到着したら、左に曲がって突き当たりの部屋からベランダへ出てください》

ベランダに出ると、斜向かいの瀬川家が目に入った。庭には今日も比奈子がいて、手袋をはめた手にシャベルと如雨露《じょうろ》を持ち、植木や芝生の手入れに余念がない様子だ。

彼女もこうして操縦していたのではないのか、自分の義父を。

早朝、ゆっくりと地区内を走る瀬川家の二台の車。あれは、兵輔が比奈子の練習に付き合っているのではなかった。比奈子が後ろから兵輔を動かしていたのだ。

緑内障が悪化したせいだろう、兵輔は、目が見えなくなっていた。ならば一人で運転などできるはずがない。だが一工夫を加えれば、できないこともない。背後から音声で指令をもらえばいい。

――ハンドルを真っ直ぐにして……ここから右に緩《ゆる》いカーブ……もうちょっと右……少し左に戻して……はい、また真っ直ぐ……十メートル手前に曲がり角。ブレーキをかけて……もっと速度を落として……ここで目いっぱい左に切って……ここからしばらく真っ直ぐ。いや、待って。五メートル手前のゴミ置き場にお向かいの須貝さんがいる。カラスを追い払おうとしているみたい。挨拶をしていきましょう……。はい、停まって……。

かなり無茶な真似だ。一般的な義父と嫁の力関係から言えば、兵輔が見栄のためにやらせた、と考えるのが妥当だろう。

だが、瀬川家はその関係が逆転していた。

おそらく、比奈子が兵輔にやらせたのだ。

いままで考えもしなかったことだが、老人同士の見栄の張り合いがあるように、各家の嫁の間にも似たような争いがあったとしてもおかしくはない。

この地区では老人が健康によって評価される。では、各家の嫁は何によって評価されていたのか。その家の老人を健やかな状態に保っている、ということではないのか。

広報誌の表紙で、恥ずかしげに俯《うつむ》いていた化粧気のない顔が脳裏を掠《かす》めたとき、またゆかりの声が耳に届いた。

《隅の方に箒が置いてありますから、それで目の前にあるものを払ってください》

穂の部分にジョロウグモの巣を絡め取ると、斜向かいの家が、ようやくはっきりと視界に入ってきた。

わけありの街《まち》

1

●＊月＊日

昼間、一本の電話があった。百目木弥江《ももめぎやえ》からだった。

《今日、田舎から出てきました》

続いて彼女は、駅前にある安いホテルの名前を口にした。そこに投宿したとのことだった。

《明日、もしもお時間がありましたら、ちょっとお会いできませんか》

いまは別の事件を捜査中だから、弥江の申し出は、正直なところ迷惑だった。だが、無下《むげ》に断るわけにもいかない。

いったん受話器を置き、課長に相談したところ、面倒くさそうな声で「行ってやれよ」との返事。

いま弥江がいるホテルには、やけに狭いが一応ロビーと呼べるだけの場所がある。そこで待ち合わせをすることにした。

＊

書類仕事が溜《た》まっていて、帰宅がだいぶ遅くなった。今日はこれ以上日記を書く余裕なし。

もう日付が変わっている。午前二時過ぎに就寝。

●＊月＊日

午前中、駅前のホテルへ向かった。しばらく会わないうちに、弥江はいっそう痩《や》せこけていた。

――すみません、盾夫《たてお》くんの事件については、これといった進展がないんです。

道中、何度か小声で練習してきた台詞を吐こうとしたが、口を開いたのは弥江の方が先だった。

「少しのあいだ、この街に留《とど》まろうかと思っています」

「住まいはどうするんですか」

わたしが訊《たず》ねると、「アパートを借ります」との答えが返ってきた。

もう〈ハイツ紅葉〉に決めてあるというので、不動産屋まで一緒についていってやることにした。

「すみません、お忙しいところ」

「お気になさらずに」

被害者支援は、警察がここ数年、重点的に取り組んでいる分野の一つだ。

「いまはどんな事件を捜査していらっしゃるんですか」

「チンピラが起こした傷害です。守秘義務ってやつがありますから、それ以上詳しくは言えませんが」そう答えたあと、慌てて付け加えた。「もちろん、盾夫くんの件も継続してやっています」

ハイツ紅葉を管理している不動産屋は、小さな有限会社だった。

応対に出てきたのは、まだ三十そこそこに見える若い男だったが、渡された名刺の肩書には取締役社長と印刷されていた。

弥江の希望がハイツ紅葉の三〇四号室であることを知ると、彼はカウンターの向こうでわずかに目を伏せた。

「空《あ》いていることは空いていますが、実を申しますと、あの部屋は……いわゆる〝わけあり〟物件というやつでして」

もちろんそれは知っていたが、彼の言葉をまずは黙って聞くことにした。

「三か月ぐらい前のことなんですけれど、三〇四号室に入居していた若いサラリーマンの方がですね、部屋の中で亡くなったんですよ。殺されたんです」

ここでわたしは、社長から弥江へ視線を移した。彼女の表情には、これといった変化はなかった。

「お客様の前にも、二人ほど、あの部屋を借りたいと申し出てきた方があったのですが、そのことをお教えした途端に辞退なさいました」

それでもいいんですか、と目で確認を求めてきた社長に、弥江は、かまいませんと返事をした。

「……そうですか」

彼女の口調から意志の固さを読み取ったのだろう、社長は手早く契約を取り交わす準備をし始めた。

「家賃は月額二万五千円になります。共益費は別になりますが」

「そんなに安いんですか」これはわたしが発した声だ。

「はあ。本当はこれなのですが――」社長は五本の指を広げてみせた。「さっきも申し上げましたように、この三〇四号室は、わけありなものですから」

「五万円でしたら、そのとおりお支払いします」

弥江の言葉に、若い社長は瞬《まばた》きを繰り返した。

事情を説明する代わりに、弥江は賃貸申込書に自分の名前を書いた。

社長は、ああ、と唸るような声を出したあと、バツが悪そうに後頭部のあたりに手をやった。

「もしかして、百目木盾夫さんのお母様でいらっしゃいましたか」

「ええ」

「そうとは存じ上げず、たいへん失礼いたしました。――あの、このたびは、まことにお気の毒です」

必要以上に何度も頭を下げる社長から、弥江は、自分が息子の部屋に入居したことは他言しない旨《むね》の約束をとりつけた。賃貸契約書に署名し印鑑を押したのは、そのあとだった。

鍵を受け取り、二人でハイツ紅葉へ向かった。

「上がりませんか」

そう弥江が言うので、そっと合掌してから靴を脱いだ。このアパートは下苅田《しもかんだ》署から遠くない場所にある。お呼びがかかればすぐに帰ることができる。わたしは一礼して靴を脱いだ。

玄関を上がってすぐの場所に、小さいキッチン、バス、トイレが固まっている。あとは八畳の和室が一つあるだけの部屋だ。

畳は全て入れ替えられていた。そのせいで、部屋全体に藺草《いぐさ》の匂いが強く籠《こ》もっていた。

もともとこの部屋に物品は多くなかった。ノートパソコンはあったが、テレビやオーディオのセットはなかった。大きな物と言えば小簞笥《こだんす》と卓袱台《ちゃぶだい》くらいだ。衣類を除けば、あとは必要最小限の什器《じゅうき》だけだった。

室内は蒸し暑かった。わたしは東側に面した腰高窓のところまで行き、

「開けてもいいですか」

弥江に断ってから、石目ガラスの嵌《はま》った窓に手をかけた。

まずは細めに隙間を作り、外の様子を窺《うかが》った。がらりと大きく開けばいいものを、ついそうしてしまう。張り込みや行動確認といった仕事に身を投じていると、こせこせした癖がついてしまっていけない。

吹き込んだ夕方の風に、汗ばむ肌を撫《な》でてもらいながら、目を凝《こ》らした。

幾重にも重なった電線の隙間から、五十メートルほど先にある古びた鉄の橋が見えている。盾夫が刺された現場となった跨線橋《こせんきょう》だ。

絶え間なく血の流れ続ける腹を抱え、体を二つに折って歩く盾夫の姿を想像するたびに、臍《へそ》のあたりに鈍痛を覚える。

弥江は持参した大きなトートバッグから何やらかさ張るものを取り出した。丸みを帯びたデザインの、古いラジカセだった。

弥江がそのスイッチを入れた。スピーカーにガタがきているらしく、流れ始めたニュース番組のイントロ曲は、見事に音が割れていた。

「わたしはラジオを聴くのが好きなんです。刑事さんのご趣味は何ですか」

「日記を書くことですかね。文章を綴《つづ》っていると気持ちが落ち着くんです。その日にあった出来事を、できるかぎり細かく書きとめておきます。ただし、あまり重要ではない事柄なら、ほんの短い文章でちょこっとメモしておくだけですが」

「もしかして、それは職業病というものでしょうか。刑事さんにメモはつきものですから」

「でしょうね。自分にとってはすでに当たり前になっている事柄でも、頭の中を整理したいときは、延々文字にしたりもします。気がつくと大学ノートに五ページも六ページも書いていて、手首が痛くなるんで往生していますよ」

＊

午後八時ごろ帰宅。

少し痩せようと禁酒を始めたのが三十日ばかり前になる。よく一か月も続いたものだ。

風呂上がりに体重計に乗った。七十八・六キロ。

2

●＊月＊日
午前七時過ぎに起床。尿の色が少し黄色い。疲れのせいか。

朝食は、昨日の晩に買っておいたコンビニのジャムパン。

＊

ここ数日間抱えていた傷害事件が、一段落を迎えた。そこで、今日の夜は、百目木盾夫が刺された跨線橋まで、久しぶりに足を運んでみた。

ハイツ紅葉から橋までの距離は、直線にすれば五十メートル程度だ。しかし、あたりは路地が入り組んでいるため、現場までの道のりは、その倍ほどになる。

錆《さび》がびっしり浮いた鉄と、所々に稲妻のような割れ目が入ったコンクリートで出来た跨線橋。その長さは十メートル程度、幅は二メートルもないだろう。

歩行者と自転車しか通行できないことを意味する標識が両端に立っている。

通路部分は一応アスファルトで舗装されてはいるものの、長い年月を経たせいか凹凸が激しく、じゃがいもの表面に似ていた。

橋の中央部には、警察の看板が、鉄製の欄干に細い針金で、いまもしっかりと括《くく》り付けられてある。


【男性会社員殺害事件　情報提供をお願いします！

六月三日（金曜日）、午後九時三〇分頃、下苅田区上町《うわまち》の跨線橋で会社員の男性（二七）が刺され、死亡する事件が発生しました。

警察では事件の情報を求めています。

事件当日現場付近を通った、血の付いた衣服を着た人物を見た、ナイフや服が捨てられていた、不審な車両等を見た、など事件に関する情報をお持ちの方がおりましたら、どんな些細《ささい》なことでも結構ですから、下苅田警察署まで情報をお寄せください。

電話番号・〇×二―三七五―九二×五】

「跨線橋」の脇にマジックペンで書き足された「ココ」の文字が薄くなりかけている。

会社からの帰宅途中、盾夫はここで何者かによって背後から呼び止められたらしい。

そして振り向いた直後に、腹部を刃物で刺されたものと思われる。

犯人は、倒れた盾夫の背広から財布を奪って逃走したようだった。

＊

ここまで書いたところで、玄関のチャイムが鳴った。

宅配便。実家の親から野菜と果物いろいろ。「食べているか」とだけ書かれた手紙も。

たまには手紙でも書こうかと思ったが、照れくさいやら、面倒くさいやら。結局、電話で簡単に礼を言ってから日記に戻る。

＊

盾夫は背広の内ポケットに紐《ひも》を縫い付け、財布を結んで落とさないようにしていた。その紐が切られ、財布がなくなっていたのだ。腹を刺したナイフを使って切断したらしく、紐には盾夫の血が付着していた。

盾夫は刺された現場ですぐに死んだわけではなかった。

まず、携帯電話を使っている。実家の弥江にかけたのだ。

ちょうどそのころ弥江は、農協婦人部が主催した技術先進地の視察旅行に参加し、東南アジアへ出かけていたため不在だった。彼女が警察から連絡を受けたのは、ベトナムにある米麵《フォー》の製造工場にいたときだ。急いで帰国したのは六月六日の夜だった。

帰りの飛行機の中で、事件を報じた新聞記事を目にした彼女は、空港に到着してもしばらく座席から立ち上がることができなかったらしい。

呆然としたまま帰宅し、電話機に残されていた一件のメッセージを再生した。その内容については、彼女の証言によれば、

——無言のまま、ただ雑音だけが一分ほど録音されていただけでした。

ということだった。

それをただの悪戯《いたずら》電話だと思い込んでしまった弥江は、まさか息子からの最後のメッセージだとは思いもよらず、録音データを消去してしまったという。

目撃者はいなかった。この近辺では午後九時を過ぎるとほとんど人通りがなくなってしまう。しかも盾夫は、苦悶のあまり声を出すことができなかったらしい。そのために付近の住民も事件に気がつかなかったようだ。

跨線橋からアパートまでの間には数軒の民家がある。そのうち現場から最も近い二軒の家へ、盾夫は、助けを求めて立ち寄ったらしい。そんなことも、血の跡から分かっている。だが、当時は両家とも留守だった。

薄く開いたドアの隙間から、俯《うつぶ》せに倒れた盾夫の体を見つけたのは、六月四日の早

朝、新聞を配達しに来た少年だった。

気になる点が一つ浮上したのは、検視に際してのことだ。

盾夫の体重である。

盾夫は事件の前日、健康診断を受けていた。そのときの体重は六十七キロ。だが彼の遺体を解剖する直前に測ったときは六十五キロを割っていた。流れ出た血液の量を考慮しても二キロばかり減っていた計算になる。

聞き込みをした結果では、食事を抜いていたとの証言は得られなかった。激しい運動をしていた様子もなかった。

ならば、彼はどうやって一日で二キロも減量できたのか……。

＊

手首が痛くなってきたので、このあたりで筆を擱《お》く。

日付が変わって、午前〇時半ごろ就寝。なぜか今日は酒が恋しい。

3

●＊月＊日

午前中、裁判所に出かけ、公判を傍聴した。被告人は二件の強盗罪で裁かれている森松拓《ひらく》だった。今年の六月五日に逮捕された男だ。

右の頬に目立つ大きな痣《あざ》を持った三十歳の巨漢は、被告人席で始終、気だるそうに首筋を掻《か》いていた。

二件のうち、最初の事件が起きたころ、わたしは人事交流で本部の警務課に派遣されていたので、捜査に加わることができなかった。

下荊田署に戻ってきてすぐに、後の方の事件が起き、担当を命じられた。捜査に際しては、足も頭もよく使った。おかげでその頃はいまより体重がだいぶ減っていた。

森松逮捕の前日、盾夫殺しが発生し、そちらの担当へ回されていなかったら、森松に手錠をかける大役は、わたしに任されていたかもしれない。

検察が求刑したのは懲役十年だった。

傍聴席には、身じろぎもせずに息を詰め、森松の後ろ姿に視線を送る人たちがいた。一件目と二件目、両方の被害者家族だった。固まって座っていた彼らは、わたしと目が合うと会釈をしてきた。

すると以前病院で会った、被害者本人たちの姿が思い出された。包帯と酸素マスク。その向こう側から覗《のぞ》いた赤い目……。彼らと正面から対峙《たいじ》することは難しかった。あのときはまだ森松を逮捕する前だったから、気後《きおく》れしてならなかったのだ。

＊

昼食は〈のむら屋〉で海の幸ラーメン、六百五十円。カロリーはどのぐらいだろうか。

＊

午後になってから、弥江が下苅田署にやって来た。

被害者遺族には「何かあったらいつでも気軽に顔を出してください」と言ってある。これを社交辞令の一種と受け取る人の方が多いのだが、彼女はそうではないらしい。

「今日のお仕事は?」と弥江は訊《き》いてきた。

——息子さんの事件を洗い直しています。

当然、そうした答えを期待しての質問だったと思う。盾夫殺しの捜査本部は、もちろんまだ設けられたままになっているが、部内の活気は、開設当初に比べたら明らかに失《う》せている。

「裁判所へ行ってきました。自分が捜査を担当した事件の公判なら、かならず一度は傍聴することにしています」

正直に答えた。想定済みの返事だったということか、弥江は別段、落胆したふうでもなかった。続いて「どんな事件です」と訊いてきたのは、被害者遺族として刑事事件には全般的な興味を抱いているせいだろう。

森松が根城にしていたのは、下苅田駅の近くにある〈デラックス〉という名前のゲームセンターだった。そこには、ラフな格好をした若者に交じって、金をもっていそうなサラリーマンも、たまにぶらりとやってくる。

森松は、そうした客の後をつけ、背後から金槌《かなづち》で頭を殴り昏倒《こんとう》させるという荒っぽい手口で、金品を奪う事件を二度繰り返した。

そう早口で説明してやると、弥江は表情を硬くした。

「……その被告人、量刑はどれぐらいになりそうですか」

「求刑は十年でした。判決はまだ出ていません」

「ご不満そうですね」

頷いた。

「なぜですか」

弥江の問い掛けに、わたしは手帳を取り出した。

白紙のページに横線を一本引く。そうしてから、線の上に二つの点を描き入れ、それぞれにA、Bと名前をつけた。

「今日の被告人は、A罪とB罪、二つの罪を犯していました」

わたしはA点とB点の中間地点を指さした。

「もしAだけの罪状で逮捕され、その裁判が確定したあとでB罪が発覚した、という形になれば、わたしの捜査した事件にも独立して刑が科せられたのですが」

「それはしかたがありませんね。刑の併合という制度がありますから」

そう弥江が口にしたので、わたしはつい彼女の顔を覗き込むようにしてしまった。

聞けば、弥江がよく聴くラジオ番組の一つに、弁護士が視聴者から電話で困りごとの相談を受け付ける、というスタイルのものがあるらしい。それを長年聴いているうち、いつの間にか、法律の知識がある程度身についていたという。

加えて、今回は自身が事件の当事者になってしまった、という事情も関係しているのだろう。犯罪被害者は、嫌でも刑法や刑訴法に関心を持たざるをえず、自然とそれらに詳しくなるものだ。

彼女が言ったとおり、日本の刑法では、確定裁判を経ていない二個以上の罪は「併合罪」とされ、まとめて審理にかけられる決まりになっている。

「懲役十年」というのは、二件合わせての求刑だった。一件ごとに、それぞれどれぐらいの刑を求めるか、という点については、今日、検察官の口から語られることはなかった。この点が、わたしには少し不満だったのだ。悪く言えば十把《じっぱ》一絡《ひとから》げという感じであり、自分のした仕事の価値がどこかに埋もれてしまったようにも思えたからだ。

それでも、最初の一件が殺人のような重罪でないだけましだった。それがもし死刑か無期の判決が出るような罪だったなら、二件目の懲役刑はそちらに吸収されてしまうから、なおさら自分のやった仕事の価値が分からなくなっていたかもしれない。強盗傷害も最高は無期懲役なのだが、よっぽど犯情が悪くないかぎり有期止まりというのが普通だ。

そんな説明を加えてやると、弥江は、

「分かります」

短いが実感のこもった一言を発し、ゆっくりと深く頷いた。

「ところで百目木さん、今日は何か特別な用事でもおありでしょうか」

「はい」

弥江は持参したバッグを開いた。そこから取り出したのは、例の丸いラジカセだった。

彼女の指が、再生ボタンのスイッチを押すと、中でテープが回り始めた。

《殺人事件の捜査は最初の二か月が勝負です。いや、大都市の場合なら一か月と言ってもいい。それが過ぎてしまうと、迷宮入りの可能性が圧倒的に高くなるんです。捜査員たちの間に、徐々にあきらめムードが蔓延《まんえん》してくるんですね。たとえ捜査本部の看板が掲げられていたとしても、言葉は悪いですが、開店休業のような状態になってしまいます。事実、投入される捜査員の数もどんどん減っていき、結局はお宮入りというパターンが多いんですね》

流れた音声は、ある情報番組を録音したものだった。番組に出演したコメンテーターは元警察官僚らしかった。

《たとえば那美野《なみの》市下苅田区で起きた、若い男性の刺殺事件というのがあります。このケースは動機なき殺人である可能性が強いですね。典型的な都市型犯罪と言えると思います。ある意味、テロに匹敵する恐ろしさを含んでいます》

わたしはネクタイの結び目に手をかけた。聞いているうちに息苦しくなってきたせいだ。

《こういうタイプの事件では、犯人は容易には捕まりません》

ここで弥江はストップボタンを押した。

「昨日の夕方に放送された番組です。これを聴いていたら、いてもたってもいられなくなりまして。あれから、何か手がかりが出てきましたか」

「申し訳ないのですが、何もありません」

弥江はハンカチを口元に当てた。

「お気持ちはお察しします。こちらとしても鋭意捜査中です。必ず犯人を挙げてみせますから、もう少し辛抱してください」

「目撃者がね、一人もおらんのですよ」

痰《たん》が絡んだような濁った声で割り込んできたのは課長だった。捜査本部のあきらめムードを、もっともよく体現しているのが、この人物だ。初動捜査のときに彼が見せていた、射るような眼光はもうすっかり影を潜《ひそ》めている。

いや、他人のことは言えない。わたしの両目も、弥江には汚れのついた磨《す》りガラスのように見えていることだろう。

「だから情報が少なすぎましてね。盾夫さんが跨線橋に行く前の段階あたりで、誰かがちらりとでも彼の姿を見ていれば、だいぶ状況も変わってくるんですがねえ……」

そう。刺される前に盾夫がどこにいたのか？　いくら聞き込みをしても、その点がまるで浮かんでこなかった。被害者側の足取りすら摑めないのでは、捜査の進展など望むべくもない。

ハンカチを嚙《か》むようにしてひとしきり俯《うつむ》いていたあと、弥江はゆっくりと顔を上げた。その視線は、刑事部屋の壁に向けられていた。

「あれは、効果がありますか」

弥江が指先でさし示したものは、壁に張られた一枚のポスターだった。逃亡中の指名手配犯の顔が大きく印刷されている。

「まあ、ないことはないですね」課長が応じた。「ただ、あのポスターの場合は写真が古いんですよ。せっかく通報をもらっても人違いという場合が多い。人の顔はどんどん変わりますから」

「いいえ。わたしが言っているのは、写真のことではありません」

弥江はソファから立ち上がると、壁に歩み寄った。そして、ポスターの下部に大きく書かれた一つの文字列を手で指し示した。

【捜査特別報奨金。上限額三〇〇万円】

「つまり、お金というものが捜査に効果的でしょうか、ということです」

「まあ、懸賞金をかけたあと、犯人が捕まるケースはたしかに多いのですが、それはホシが誰なのかが分かっていて、指名手配をかけた場合ですよ」

現段階では犯人の特徴すら分かっていない。こんなときに、ただ捜査情報を求めてやみくもに懸賞金をかけても、かえって混乱するばかりだろう。しかも世の中がこう不景気では、金目当てのガセネタが増えることは目に見えている。そうなると捜査がかえってやりにくくなってしまう。

「そもそも百目木さん。失礼ですが、先立つものはお持ちで？」

上目遣いになった課長の言葉に、弥江はわずかに眉根を寄せた。

「捜査特別報奨金は、殺人事件だからってどんなケースにも出るわけじゃありませんのでね。原則として、発生から半年経った事件で、しかも警察庁が指定したものじゃないと駄目なんですわ」

「そうですか。やっぱり、お金で情報を集めようと思ったら、自分で出さないといけないんですね」

「はっきり申しまして、そういうことです」

「では、もしわたしがビラ配りをしたいと言ったら、許していただけますか」

弥江はバッグにラジカセをしまうと、入れ違いに一枚の紙切れを出した。裏が白紙になっているスーパーのチラシだった。

【情報提供を求めます】

そんな文字が、手書きではなく、ワープロかパソコンで印字されていた。

盾夫殺しの発生日時や現場見取り図などもレイアウトしてあり、その下に大きく一行の数字が書いてある。弥江が使っている携帯電話の番号らしい。

今度は課長が眉を顰《ひそ》める番だった。

「そういうことは、ちょっと待ってもらえませんかね。事件に関する情報はみな、この下苅田署に集約することにしているんです。窓口は一本化しておかないと混乱の元になりますよ」

「でも、警察とは係わり合いになりたくないけれど個人になら話してもいい、という人だっていると思うんです」

たしかにそれはあるかもしれない。

課長も腕を組み、

「変な人が接触してきても知りませんよ。身の安全は保証できません」

そう忠告するのがやっとの様子だった。

（このあと、弥江と課長とのあいだでもう少しやりとりがあったらしいのだが、あいにくとわたしには警務課から別件で急な呼び出しが入ったので、その後の展開は目にしていない）

＊

宿直当番なので署に泊まり込み。とりたてて何もなし。

ただ、交通課の警部補が「早く嫁をもらえ」としつこく言ってくるせいで、ろくに仮眠もできず閉口。

結婚。考えたくもない。これまで多くの被害者家族、遺族を目にしてきた身には、伴侶を持つ勇気などなし。

4

●＊月＊日

午前中、盾夫殺しの継続捜査。自分が担当した書類をざっと読み返してみる。盾夫に少しでも関係があった者については、当然のことながら、徹底的にアリバイを調べている。その結果、全員がシロであることがはっきりしていた。

役立たずの書類をしまい、代わって事件を報じた新聞記事を引っ張り出してみた。

六月六日の紙面には、

【刺殺された男性の身元判明】

そんな見出しとともに盾夫事件の続報が掲載されている。その上には、五日に逮捕された森松の顔写真も載っていた。

やはり気になるのが、一日で二キロ減量の件だ。まだ納得のいく説明が見つからない。

この点については、もちろん弥江にも訊ねているが、見当がつかないとのこと。不謹慎を承知で言うなら、盾夫がうらやましい。こっちは一か月酒を絶ったが、一キロたりとも痩せやしない……。

＊

昼は地下の食堂でB定食、四百二十円。

食後、南側のコンビニまで散歩。ついでに買い物。セブンスター一箱、四百四十円。シェービングフォーム一缶、これは値段を忘れた。

この時間、いつもレジに立つ女性の店員。小学生の息子がいるという彼女に、ちょっと訊いてみた。「子供が痩せたり太ったりしたら気になるか」

「もちろんです」との返事。

「体重に変化があった場合、その原因には見当がつくか」との問いには、こう答えて胸を張った。

「すぐにつきます。ピンと来るんです。母親って誰でもそういうものですよ」

＊

午前中、百目木盾夫の写真を何枚も目にしたせいか、弥江のことが頭から離れなくなった。親子だから当然なのだが、よく似ている。

そういえば、弥江も日記を書いているのだという。ノートではなく、パソコンを使って、だ。ＰＣの扱いは最近になって覚えたらしい。

一度目にしたことがある。弥江は今年六十五歳になるはずだ。指の運びは我流で、ローマ字ではなく日本語のカナ入力をしているが、そのわりにはキーを打つ速度はけっこう速かった。

年配の彼女がキーボードとの格闘を厭《いと》わなかった理由。それは盾夫事件の情報を求めるためだった。自分でウェブサイトを作り、それを更新できるようになろうとしたのだ。

【息子の部屋／百目木盾夫の日記】

彼女が作ったサイトはたった一ページのシンプルなものだったが、何の飾りもないからこそ、訴えてくる力は強かった。

息子の部屋――そのタイトルどおり、サイトのトップページには、盾夫が使っていた部屋の様子が写真つきで紹介されていた。

その画像に目を近づけてみれば、本棚には将棋についての書籍が多く並んでいたことが分かった。盾夫の趣味だ。相当熱中していたと聞いていた。この街に出てくる前は、毎週金曜日になると将棋センターへ出かけ、誰かと対局するのが長年の習慣だったという。かなり真剣に取り組んでいて、アマチュアの段位も持っていたらしい。

この下苅田区には、そういった道場のような場所はない。だから代わりに、パソコンを使い、インターネットで見知らぬ相手と対局していたようだ。だが、殺された週の初めに、そのＰＣは故障してしまったらしく、修理に出されていたことが判明している。

＊

帰宅後、プロ野球ニュースの途中で居眠り。

5

●＊月＊日

午前六時半ごろ起床。目覚まし時計のアラームを聞かずに済んだのは久しぶり。尿の色が濃さを増している。早めに健康診断を受けるべきか。おかげで食欲なし。野菜ジュース二パックを空《から》にしてから出勤。

＊

午後からは警察学校に行き、捜査活動事例研究会に出席。

戻ってくると地域課から連絡あり。「百目木弥江が、駅で手作りのビラを配っている」とのこと。明日も同じ場所で配布するらしい。様子を見に行ってみるか。

＊

晩飯は冷麦で軽めに。禁酒は二か月目に突入した。もう少し我慢できそう。

●＊月＊日

午後から駅へ行ってみた。

ビラを配る弥江に近づき、軽く目で挨拶をしたとき、彼女の携帯電話が鳴った。盾夫からだ――咄嗟《とっさ》に、そう思ってしまったのかもしれない。弥江はかなり慌てた様子で、だがどこか愛《いと》おしそうな仕草で折り畳み式の携帯を開いた。

「はい、百目木です」

こっちも彼女の携帯に耳を寄せた。

相手は無言だった。ただ静かな息遣いをする気配だけが伝わってきた。変質者だろうかとも疑った。

「どちらさまですか？」

弥江が声に険を含ませると、

《あの……》

ようやく相手が口を開いた。消え入りそうな細い声だった。

弥江がいっそう強く耳に携帯のスピーカーを押し当てたのは、だが、口調の弱さのせいというより、声の年齢が二十代後半――ちょうど盾夫ぐらいに感じられたせいかもしれない。

《百目木盾夫さんの、お母さんですか》
台詞を棒読みするような、抑揚のない口調だった。
「そうですけど」
《息子さんを刺したのは、ぼくです》
弥江の横顔を見た。どう反応していいのか見当もつかなかった。こう受け答えをすればいい、というような指示を何か出そうとしたものの、喉の奥から出てくるのは声にならない呻《うめ》きのようなものだけだった。
「本当ですか」と弥江。
《本当です》
「でしたら、一つ質問させてもらいます。犯行のときの状況を喋《しゃべ》ってみてください」
——あの日、ぼくは彼の後をつけ、そこの跨線橋で背後から呼び止めました。そして、盾夫さんが振り向いたところを、隠し持っていたナイフで刺しました。ぼくは倒れた彼の背広を探りました。財布を盗むためです。彼の財布は、背広の内ポケットと紐でつながっていたので、刺したナイフでそれを切って盗み、その場から逃げました。
もしもここで、電話の人物が、そんなふうに答えることができたら、本当の犯人だと信じてもいい。盾夫が、財布を落とさないように紐をつけて背広と結び付けていたこと。その点は世間に公表されてはいない。知っているのは、弥江と警察、そして一部のマスコミ関係者を除けば犯人だけだ。

だが相手は、受話器の向こう側で押し黙ってしまった。

「では、もっと簡単な質問をします。あなたが盾夫の懐から盗んだ金額はいくらですか」

返事がないまま電話は切れた。

＊

その後、立て続けに三件、同じような電話あり。いずれも「犯人は自分だ」と名乗るものの、質問には答えられずじまい。

＊

署に戻り、午後九時すぎまで書類仕事。

帰宅する前に書店に寄った。『一日一食健康法』（九百八十円）購入。この本に感化されたのと、面倒くさいのとで、夕食はとらず。禁酒はまだ継続中。

食事を減らすことなく、体重を急に落とすには、どうすればいいか。確かなのは、体のエネルギーを猛烈に消費するしかない、ということだけだ。何十何百個もの電球が接続された一本の電池。そんなイメージが頭に浮かんだ。盾夫は、どこでどうやってこの電池になったのか。そこが分かれば、事件直前の足取りも摑めると思うのだが……。

日付が変わる少し前に就寝。

6

●＊月＊日

起きて窓を開けたら、視界五メートルもないほどの深い霧。

秋は俊足――という言い方はなんとなく変だが、別に間違ってはいないだろう。夏も終わりだなと思ったのはついこの前なのに、気がつくともう冬の気配。

＊

午後一番に、一階の受付から連絡があった。「刑事に会いたい」。そう言っている人物が来ているという。

現れたのは五十がらみの男だった。垢《あか》じみたワイシャツに擦《す》り切れたカーゴパンツ。ひとことで言えば風采の上がらない格好をしていた。しかも異臭を放っている。

「犯人はおれですよ」

それが、開口一番、男が口にした言葉だった。

「事件の詳細を喋ってみろ」

まず先に、風呂に入れと言ってやりたかったが、こっちも忙しい。余計な前置きはなしにそう切り込むと、男はソファにふんぞりかえり足を組んだ。

「あの日おれは、盾夫さんだっけ、あの人の後をつけ、そこの跨線橋で背後から呼び止めた。ちょうど、今のおれと刑事さん、あんたぐらいの距離からだよ。そしてあの人が振り向いたところを、持っていたナイフで刺してから背広を探った。財布を盗むためにね。あの人の財布は内ポケットと紐でつながっていたんで、刺したナイフでそれを切って盗み、すぐにその場から逃げたのさ」

一通り説明を終えると、男はどうだといわんばかりに顎《あご》を上げた。

「どこで覚えたんだよ。いまのシナリオ」

たぶんネットで見つけた情報だろうが、だとしたら捜査上の機密をそこへ垂れ流したのは誰だ。警察内部の人間か、マスコミの連中か……。

「おれが見たとおり、したとおりのことだよ。誰にも教わっちゃいねえって」

男は両腕をそろえてこちらに差し出してきた。

「じゃあ逮捕してくれ。何年でも刑務所にぶちこんでくれていい。ただし死刑だけはごめんだ。それから、約束どおり二百万円はもらうからな」

「二百万円？　何のことだ」

「いまさらとぼけるなよ。もらえるんだろ？　金」

わけの分からないことを言っていないで、犯行の様子をもう一度最初から話してみろ。そう詰め寄ったところ、男は、いますぐ一万円札を二百枚もらわなければ話さない、とごね始めた。

「だからその金の話はどこから出てきたんだ」

男の両足の間に、こちらの膝を入れて詰め寄ると、案の定、男は、ネットで見たことを白状した。

「あれって、あんたら警察が作ったページじゃないのか？」

そんな話は初耳だった。

＊

男を追い払ったあと、弥江を署に呼び出した。彼女は夕方になって姿を見せた。

「百目木さん、これはどういうことでしょうか」

【息子の部屋／百目木盾夫の日記】を表示させたパソコンの画面を、弥江に見せた。

トップページに掲載された、盾夫の部屋。その下に大きな文字で、

【百目木盾夫の母親です。犯人の方に申し上げます。私に連絡をください。私と会ってください。場所・日時は警察に教えません。犯人がどなたなのか知りたいだけです。そして息子の最後の様子を話してほしいだけです。会ってくだされば、現金で二〇〇万円差し上げます。】

とあった。

「何を勘違いしたのか、これを見てここへ自首してきた輩《やから》がいました。いつの間に、こんな文面を載せたんですか」

「三日前です」

二百万円。そんな金を持っていたのか――胸中が顔に出てしまったようだ。弥江はかすかに頷いてから口を開いた。

「先に逝《い》った夫が残してくれた財産と、一人で作ってきた小さな田畑が生み出したお金です。わたしの通帳の中にちゃんと入っています」

「お言葉ですが、こういう危ない真似は——」

「やめた方がいい」

わたしの言葉を引き継ぐ形で割り込んできたのは、またしても課長だった。

「どうしても犯人を突き止めたい、事件の真相を知りたい、という気持ちは分からんでもないですがね。いたずらに世間を刺激するのは逆効果ですよ。さっきみたいなニセ者がどんどん出てきて、捜査が混乱するだけだ」

語尾の部分を吐き捨てるような口調で彼が言うと、

——そう。正気の沙汰じゃないですよ。

——自分の財産をどう使おうがあなたの勝手ですけど、しかしこれ、捜査妨害にならんかなあ。

——犯人に金を渡したりしたら事件が増えますって。ただでさえ忙しいのに。

周りにいた刑事たちも口々に反対し、弥江は、サイトをいったん閉鎖することを了承させられた。

俯《うつむ》いたまま一言も発しなくなった弥江。その姿は気の毒だったが、普通に考えれば、やはり素人が危険な真似をするべきではないだろう。

＊

今日、森松に対する判決の言い渡しがあったようだ。夕刊に小さく載っていた。検察の求刑どおり懲役十年。控訴はしない見通し。

＊

夕飯は署への出前で。〈三郎飯店〉の中華丼、六百三十円。

いつもより早めに帰宅し、気が向いたので、何日かぶりに体重を測ってみた。すると表示された数字は七十七・二キロ。予想より一キロ以上マイナス！

中華丼を食べたばかりでこの数字だから、いつの間にか減量に成功していた、と言っていいのだろう。

ところで、なぜだ。いまになって禁酒の効果がいきなり出た、とは考えにくい。そうではなく、自分も盾夫と同じように、大量のエネルギーを使ったせいだと思う。

だが、そんなに運動をしただろうか。手足を動かす度合いは、以前と比べて、ここ数日もさほど変わっていないはずなのだが。

手足でなければ、他に体のどの部分がエネルギーを使ってくれたのだろう?

7

●＊月＊日

午前七時少し前に起床。雨の音に起こされた。

＊

正午ごろ、弥江から電話あり。明日の夕方、田舎に帰るそうだ。

＊

日没前、時間を作ってハイツ紅葉へ出向いた。荷造りを手伝ってやるつもりだったが、彼女はあらかた一人で済ませていた。

もう一度現場を見ておきたい、という弥江と一緒に跨線橋まで歩いた。

西日を浴びて薄い茜色《あかねいろ》に染まった看板の前で立ち止まると、彼女は、一字一句残さず文字を音読した。もはや暗記している下苅田署の電話番号までも、小さく声に出して読んだ。

この数日間というもの、毎日ほぼ同じ時刻に同じことをしてきたそうだ。

8

●＊月＊日
寝汗で起きた。フェーン？　エルニーニョ？　ラニーニャ？　何現象のせいか分からないが、昨日から急に気温が高くなっている。

＊

午後から年休を取り、弥江の見送りに下苅田駅まででかけた。

彼女はトートバッグ一つの身軽な格好をしていた。ほとんどの荷物はもうダンボール箱に詰め、宅配便で自宅に送り返しているという。

四つある改札口のうち、自動化されているのは二つだけだ。あとの二つではブースに入った駅員が手で切符を切っている。

そちらを選んで改札を通った弥江の後から、わたしも切符――といっても入場券だが――を駅員に手渡し、鋏《はさみ》を入れてもらった。

ちょうど帰宅ラッシュの時間だった。業種によってはこれから仕事が始まるという者もいるため、通勤ラッシュでもあった。行き交う人の動きは決して途絶えることがない。

ホームに通じる階段を下りると、向こう側から上着を肩にひっかけた白いワイシャツの一団が、革靴を鳴らしながら上ってきた。会社帰りのサラリーマンで駅が埋め尽くされる時間帯だった。盾夫も少し前までこの集団の中にいたはずだ。

人の波に流されるようにして通路を進んだ。喫煙所の脇に、跨線橋に設置されたものと同じ警察の看板があったが、これだけの人間が周囲にひしめき合っているにもかかわらず、目をとめる者は一人としていなかった。

ホームにたどり着くまでに一汗かいていた。

弥江はまず、ここ下苅田駅で普通列車に乗る。その電車で二つ先の五本松という大きな駅まで行き、そこで特急列車に乗り換える——といった予定になっていた。

「五本松駅って、どのあたりか、ご存知ですね」

必要ないとは思いますが一応お教えしておきます。そう前置きし、わたしは手帳を取り出した。一本の線を描き、その線を三つの点で区切る。それぞれの点にはA、B、

Cとアルファベットを書き入れた。

「Aがこの駅です。Cが五本松駅です。次の次ですね」

午後六時四十分。定刻どおり、弥江の乗る予定の普通列車がホームに入ってきた。

彼女は乗り込んだあと、入り口付近に立ち、こちらへ振り返った。

「本当にお世話になりました。なんだか、お仕事の邪魔ばかりしてしまったようで、申し訳ありません。それではこれで失礼しま――」

辞儀をしようとして弥江が言葉を切ったのは、彼女の傍《かたわ》らに、わたしが体を滑り込ませたからだった。

「気が変わりました。ご一緒させてください。もう少しだけ」

こちらの真意をはかりかね、弥江が瞬きを繰り返しているうち、列車は下苅田駅を出発した。

「盾夫さんは、かなりお好きだったんですよね」

「何をです？」

言葉で説明する代わりに、人差し指と中指で駒をつかむ仕草をしてみせた。

「ええ。アマチュアのですけど、段位を持っていたぐらいですから」

「地元では、将棋センターのようなところへ対局に行っていたとお聞きしていますが」

「はい」

「じゃあ、こっちでは、だいぶ寂しい思いをしていたんじゃないんでしょうか」

この近辺には、道場や倶楽部といった対局者を探せる場所はない。その点については弥江も承知している。

「いいえ、そんなことはなかったと思います。パソコンを持っていましたので。オンライン対戦っていうんですか、そういうことをやっていたようですから」

「でも彼のパソコンは、事件の数日前に壊れています」

「……そうでしたね」

「では、パソコンを修理に出していたとき、どこで対局していたんでしょうか」

「誰とも指していなかったのでは？」

「いや、していましたよ。ほぼ間違いなく」

「どうしてそうはっきり言えるんです？」

「体重です」

ここで窓の外に目をやった。西の空に僅かな光明を残していた太陽も完全に没している。代わって、遠くのビルの屋上に建てられた広告塔のネオンがあちらこちらで騒々しく輝き始めていた。

「人間のここは――」自分の頭を指さしてみせた。「とてもエネルギーを消費します。わたしの脳味噌ですらそうです。盾夫さんはなぜ急に二キロ痩せたのか、その理由を毎日考え続けていたら、少し体重が減っていました」

言いながら、ガラス窓の反射を介し弥江と目を合わせた。

「考えるといえば将棋もそうです。プロの棋士なんかは、一つの対局が終わると体重が減るそうですね。大きなタイトル戦ともなれば、三、四キロは落ちると聞いたことがあります。どんなことでも真剣に取り組んでいた盾夫さんのことだ、プロと同じような変化が体に起きたとしてもおかしくはない」

「でも、道場もない、パソコンもないでは、対局はできないでしょう」

弥江が言ったとき、電車が大きく揺れた。吊り革を掴んだ彼女の腕は、力を入れ過ぎたせいだろうか、小刻みに震えていた。

「いいえ。できる場所があります」

「どこですか」

「あそこです」

窓の外に見える、ゲームセンター〈デラックス〉の看板に目をやった。ガラス窓の中で、弥江もこちらの視線を追ったのが分かった。

そう。あのゲームセンターだ。そこに、盾夫と森松との接点が生まれる。

「事件があったのは金曜日でした。あの日、息子さんは、会社帰りにデラックスへ寄ったのだと思います。彼は、きちっとした性格だった。当然、身なりもよかった。そこで森松に目をつけられた。森松は、対局を終えた盾夫さんのあとをつけ、跨線橋で襲った」

いい大人がゲーセン通い。できれば人に知られたくはないことだろう。

万が一、同じ会社の人や仕事で関係のある人に見つかったらまずい。伊達眼鏡、帽子、マスク。そういったもので、おそらく人相を隠していた。だからいくら聞き込みをしても盾夫の足取りがまるで摑めなかった。

「そして弥江さん、あなたは知っていたんじゃないんですか。盾夫さんがゲームセンターで対局していたことを」

「どうしてそうなるんです」弥江は口元を歪《ゆが》めた。「そんな重要な情報を知っていたら、もうとっくに警察に言っていますよ」

「言わない理由が一つだけあります」

瀕死の盾夫が、こと切れる間際にかけた電話。あれで息子は、母に犯人の人相を伝えたのではないか。

頰の痣――留守番電話に録音されていた大きな特徴を、もしすぐに弥江が聞いていたら、そのまま警察に伝えていたはずだ。だが、彼女がそのメッセージを耳にしたのが、逮捕された森松の顔を新聞やテレビで見た後だったとしたら、どうだろう。

ベトナムから帰国するために乗った旅客機の中。そこで弥江が見た六月六日の新聞には、三日の夜に起きた盾夫事件の第二報が報じられていた。同じ紙面には森松の顔写真もあった。

わたしはもう一度手帳を開き、先ほど線を描いたページを弥江の前に掲げた。

「そういえば、前にもこんな場面がありましたね」

手帳を広げ線と点を描き入れる、という場面が。

わたしはA点の上に「強盗傷害1」、B点の上に「強盗傷害2」、そしてC点の上には「強盗殺人」と書き入れた。

「一人の人間がこの三つの罪を犯したとします。この場合、どこで罪が発覚し、どこで裁判が行われるかによって求刑や量刑に違いが出てきます。それは以前、お話ししたとおりです」

わたしはB点とC点の中間を指で押さえた。

「二つの強盗傷害が発覚し、強盗殺人は未発覚のまま裁判が行われた場合は、まず強盗傷害について刑が科される。その後、強盗殺人が明るみに出れば、それに対して別に刑が科されることになる。こういうケースに対して――」

指を離し、それをC点の後ろに持っていった。

「三つの罪が全部発覚してから裁判を迎えた場合は、三つの刑をまとめて一度だけ求刑と量刑が言い渡されます」

ガラスの中で弥江が目を伏せた。それまで指に引っ掛けるようにして持っていたトートバッグの持ち手を、きつく握り締めたのが視界の隅に見えた。

「後者のケースでは、起訴内容に強盗殺人罪が含まれていますから、検察官が求めてくる判決は無期か死刑に限られます。裁判官の言い渡しもそのどちらかだ。つまり求刑と量刑に関しては、最初の二つの罪はなかったも同然になってしまう」

このとき一瞬、脳裏《のうり》に見えたものが二つあった。

一つは傍聴席の様子だ。森松の背中に視線を当て続けていた被害者家族の姿……。

もう一つは病院のベッドだった。包帯。酸素マスク。赤い目……。

「もしかして、あなたはそれを避けたかったのではないですか」

森松の犯罪で苦しみを受けた者は、自分以外にもいる。彼らの分についても、犯人は刑を科されなければならない。それが弥江の願いだったのではないか。

そのためには、強盗傷害の裁判が結審する前に、森松が犯人であると発覚してはならなかった。そこで弥江は、犯人が誰なのかを悟っていながら、知らないふりを続けた。馬鹿な担当刑事の前で……。

ただし、自分が黙っていても、そのうち警察が真相に到達するかもしれない。そこで敢えて犯人を捜し続ける芝居を打ち、心理的に、そして一時的に森松を容疑圏外に逃がそうとした――。

電車が減速し始めた。

「森松に対する判決はもう出ました。刑は科された。ならば、あなたは明日にでも警察に密告するつもりでしょう。奴が息子さんを殺《あや》めた犯人でもあることを」

電車が停まった。車内アナウンスが、下苅田と五本松の中間にある小さな駅の名前を告げ、ドアが開いた。

こちらがホームに降りると、弥江がゆっくりと顔を上げた。

「ただし百目木さん、いま話したことをわたしが検事に伝えれば、事情は変わってくるかもしれません。場合によっては三つの犯罪を併合した形で起訴し直しということもあるかもしれない」

早口で、そう鎌《カマ》をかけてみた。一事不再理の原則があるから、起訴し直しなどという事態はありえないだろう。

弥江に動じる気配は一切なかった。それどころか、ふっと頬を緩《ゆる》めてさえみせた。

——あなたがわたしだったら、どうしていましたか。

ドアが閉まる直前、そんな彼女の声を聞いたように思った。

暗闇の蚊_{モスキート}

1

翁眉毛《おきなまゆげ》という言葉を聞いたことがある。白くて長く、先の方が垂れ下がった眉毛のことをいうらしい。

小太郎《こたろう》が目の上に生やした毛も、ちょうどそんな感じだった。でも彼はまだ一歳になったばかりだという。人間なら七歳ぐらいだ。たとえ体の一部だけだとしても、老人に喩《たと》えられたら、やっぱりいい気分はしないだろう。

その小太郎は、いまだに瞬《まばた》きを繰り返している。診察台に載せられてからずっとそうだった。額《ひたい》のあたりにうるさい蠅《はえ》でも居座っていて、それを追い払うのにやっきになっているかのようでもある。

犬の瞬きは不安の表れ。そう母から教えられたのを思い出しながら、皆川《みながわ》渉《わたる》はミニチュアシュナウザーに向かって中腰になり、目線を合わせた。

「心配すんなって。ここをどこだと思ってるんだ？」

言葉が通じたらしい。髭面《ひげづら》の子犬が目蓋《まぶた》の動きを止める。

そのタイミングを狙っていたかのように、すっと横から伸びてきたものがあった。ラテックスグローブを嵌《は》めた千種《ちぐさ》の手だ。

「マズル」

渉は、予《あらかじ》め手に持っていた犬用の口輪《マズル》を、目の前に現れた母親の手に載せようとした。すると千種はそれを急に引っ込めた。

「ついでだから、渉、おまえが嵌めてちょうだい」

「自信ない」

「そんなことを言っていたら、いつまでたっても一丁前になれないよ」

一丁前も何も、こっちは獣医師免許はもちろんのこと、動物看護師の資格も持たない中学三年生なのだ。診療行為をさせたら法律違反になると思うのだが。

「まだ見学だけって約束だろ」

「予定変更。今日から実技開始。はい、ぐずぐずしない」

注射が必要。そう自分が判断したら、飼い主がいくら可哀想だからと反対しようが聞く耳を持たない。ハムスターの赤ん坊にも、フェレットの乳呑み児《ちのご》にも、ためらいもせず針を刺してしまう。結果、お得意様を何人か失うわけだが、どこ吹く風だ。千種の頑固さは息子の自分が一番よく知っている。

それ以上の抵抗をあきらめ、口輪を構えた。毛深い口吻《こうふん》目がけて上体を傾けたところ、小太郎はけたたましい吠《ほ》え声で応戦してきた。いったん退却を余儀なくされる。

「舐《な》められるのは、ぼやぼやしてるから。こういうときはね、こう」

母がしてみせたのは、犬の背後に回り込んで下顎《したあご》の皮を掴《つか》む仕草だった。

教えられたとおりにやってみた。

くうん。一転、素人が吹いたトランペットのような声を出し、なるほど小太郎がおとなしくなった。すかさずマズルを被《かぶ》せ、ワンタッチ式のバックルでバンド部分を留めてやる。

と、今度は窓の外で、大型犬特有の野太い遠吠えがした。

渉はガラス戸を開けた。裏庭にある丈《たけ》の低い椿《つばき》の木。その根元に設《しつら》えたケンネルのそばで、飼い犬のミルが珍しく落ち着きを失っている。いまの悲痛な呻《うめ》き声を聞きつけ、同類が危険な目に遭《あ》っていると勘違いしたようだ。

「待てよ。虐《いじ》めてるんじゃない。その反対だ。助けてやってるんだから、おまえは騒ぐな」

街灯に弱く照らされたミルは、疑うような上目遣いをしてみせたものの、やがて自分の家へ戻っていった。その後ろ姿を見届け、窓を閉めて振り返ると、千種はもう手に注射器を持っていた。先端には針の代わりに細長いチューブがついている。

「はい、大丈夫です。あとちょっとの辛抱ですから我慢願います」

今日も要所要所では〝患者〟に丁寧な言葉遣いで話しかけ、口輪の隙間《すきま》から犬の口へチューブを挿入していく母の手つきは、軽く目を見張ってしまうほど滑らかだった。『みながわ動物クリニック』の看板を掲げて二十五年になる。四半世紀の年季は伊達《だて》ではない。

「中身は何なの」

注射器に入った透明な液体が見る間に減っていくさまを眺めながら渉は訊《き》いた。

「オキシドール。吐かせるにはこれを使うの。塩水でもやれないことはないんだけどね」

注射器の中から液体が全てなくなると、渉は口輪を外してやった。千種がミニチュアシュナウザーと診察台の間に手を差し入れ、毛深い腹をゆっくりと撫《な》で始める。やがてドイツ産の髭犬はえずいた。ペットボトルのキャップが三個、顔の前にセットされた洗面器の上で軽い音を立てる。

「いつまで経ってもなくならないのよねえ、犬の誤飲事故って」

もう九時を回った時刻だった。母は少し疲れを滲《にじ》ませた声で言ったあと、子犬の正面に立った。胃液で光った口吻が鼻先に触れそうな距離まで、自分の顔を近づける。ボクシングのレフェリーがするように、目の焦点が合っているかどうかを確認しているらしい。

異常はなかったようだ。千種は注射器を置き、聴診器も首から外した。

そして今度は、小太郎の飼い主にでも連絡するつもりだろうか、診察室にある電話機のボタンを押し始めた。

「じゃあ、おれ、先に上がるね」

今日の「修業」はこれにて終了。そう判断し、渉は診察室から出て行こうとした。

「ちょっと待ちなさい」

呼び止める声に振り返ると、母は受話器を耳に当てたままニヤついている。

「渉、気づかない？」

「何に」

「ほら、よく見て」

千種はラテックスグローブを嵌めた手で、自分の左側を指差した。

この診察室には中型のケージが一つ運び込まれていた。中にいるのはスムースコートチワワの親子だ。父親が一匹と、子供が二匹。いま治療したミニチュアシュナウザーのすぐ前に診察を受けた動物たちだった。

彼女の指先は、そのケージに向けられている。

「まだ分からないの？　ここだって」

千種はグローブを外すと、頭の両側に手の平を立ててみせた。

その仕草を見てようやく気づいた。三匹のうち、子供の二匹が二匹とも、耳をピンと立てているのだ。

「あれはどういうサインかな？　何かの音を聞きつけたみたいね。だけど不思議。母さんの耳には物音なんて何も入ってこないもの。渉はどう？　何か聞こえる？」

わざとらしく質問するときの癖で、母親は口元を左側に思いっきり曲げている。

惚《とぼ》けても無駄のようだ。もう見抜かれている。頷《うなず》くしかなかった。

「おそらくね、いま、この診察室には」千種はもっと口を曲げた。「わたしみたいな五十おばさんの耳には聞こえづらい、とても高い周波数の音が流れているんじゃないかな」

「……そうだと思う」

「でも、もっと不思議なのは、そんな音を出す装置がこの部屋にはないってことなのよねえ。——あ、もしかして、渉、おまえが何か持ってたりしない？」

渉は白衣の裾《すそ》をめくりあげ、ズボンのポケットから携帯電話を取り出した。着信を知らせる青いランプが点滅している。電波で繋《つな》がった先は、言うまでもなくいま千種の前にある電話機だろう。

「お祖父ちゃんね」

買い与えた人物をさらっと言い当て、千種は口の位置を中央に戻した。

「……うん」

「おまえ、それを学校でも使っているでしょう」

また図星を指された。

「モスキート音ってやつだもんね、それ」

そのとおりだった。この着信音は十八キロヘルツという高周波数だ。

人間の聴覚は、歳《とし》を経るごとに衰えていく。老いれば老いるほど、高い周波数の音が聞こえなくなっていく。

十八キロヘルツなら、せいぜい二十代半ばまでの人にしか聞き取ることができない。多少の例外はあるだろうが、三十歳を超えた者の耳がキャッチするのはまず不可能だ。

通っている中学校では、他校の例に漏れず携帯の持ち込みは禁止とされているが、もちろん、そんな校則が守られるはずもない。そして携帯ユーザーに重宝されているのが、自分たちには聞こえるが教師たちには聞こえないこの音だった。

とはいうものの……。

深夜の公園やコンビニに屯《たむろ》する若い連中を追い払う。そんな目的にも使われている音だから、自分でダウンロードした着信音とはいえ、長く聞いているとやはり不快でならない。

細長い針で左右の鼓膜《こまく》を突き破られているさまを想像しながら、渉は母親の手元を見つめた。早く受話器を置いてほしい。

息子には携帯電話を高校に入るまで持たせない——その決まりを破ったのが自分の父親とあっては怒るに怒れないようだ。受話器を戻した千種は、いつの間にか、あまり見せたことのない渋面《じゅうめん》を作っている。

モスキート音が止み、チワワの子供たちが、立てていた耳を寝かせた。音は父親の方にも聞こえていたに違いない。落ち着きを失わなかったのは経験のなせる業《わざ》だろう。

千種がまた手を伸ばしてきた。携帯を貸せと言っている。

端末を渡してやると、母はストラップの先に付いた木彫りの犬を掲げてみせた。

「可愛いじゃない、このフォックス・テリア。どこで手に入れたの？」

「テルにもらった」

咄嗟《とっさ》に口から出たのは、近所に住む友人の名前だった。

息子の虚言《うそ》はまず見逃さない千種だが、いまは、ふうんと一つ頷いただけだった。

代わりに、ストラップから手を離すと、端末を開き、レンズ部分を室内のそこかしこに向け、何枚か写真を撮りだした。

カシュンカシュンとうるさいシャッター音に驚いたか、診察台の上で、小太郎が再び不安気にまばたきを繰り返す。

撮った画像をモニターに呼び出しながら、千種が、今度は囁《ささや》くような声で言った。

「明日の夕方は予定どおりでいいわね？」

ほんのわずか顎を引くことで、いいと答える。

「この携帯、録音もできるんでしょ」

「できるよ」

「じゃあ、これを使えばいいじゃない。画質も悪くないみたいだし」

言われるまでもなく、そのつもりだった。

2

机の抽斗《ひきだし》を三回開け、三回閉めた。

ない。

ベッド下を覗《のぞ》き、埃《ほこり》の塊《かたまり》を全て掃除してみたが、そこにも見当たらなかった。カーペットをめくり、結果が同じであることを確かめてから、渉は髪の毛に指を突っ込み、頭を掻《か》き毟《むし》った。

思い出せない。携帯電話をどこにやってしまったのか。昨夜、母親から返してもらったあと、どうした?

……そう、毎晩と同じく、服のポケットに入れたままにしておいた。そこから取り出したのは今朝だ。午前八時半、ミルを散歩させたときに、ジーンズの尻ポケットに入れ、持って出た。七時間前まではたしかにあったのだ。見失ったのはその後からだ。

ならば……。

携帯の代わりにコンパクト型のデジカメをウエストポーチに入れ、裏手にある玄関から外へ出た。

ミルを連れ出す前に、腰を落とし、犬小屋周辺の地面を探ってみる。

結局、見つけたものといったら、石ころと雑草、あとは蟻《あり》の行列ぐらいだった。

ここにもない。携帯を落としたのはケンネルの前。そうとしか考えられなかったのだが……。

なにはともあれ、時刻はもう午後三時半だ。そろそろ翠《みどり》が姿を現す。捜索はいったん中断するしかない。渉はミルの鎖を外した。

「どうした」

飼い犬にそう声をかけたのは、首輪にリードを繋《つな》いでからだった。

頭の上にあるのは、少し西に傾いてきたとはいえ、七月下旬の太陽だ。麻のシャツ一枚という格好でも、湯気でできた服を着ているような蒸し暑さを感じている。まして毛皮をまとった犬がハァハァと呼吸を荒くしているのは当然かもしれない。

だが、それにしても元気がない。どんなに暑い日でも、散歩となれば、前足を跳《は》ね上げて飛び掛かってくるのがいつものミルなのだが、いまはただ首を下へたらしたままだ。両目もとろんとした状態で、動くものを追いかけようとしていない。今朝とはだいぶ様子が違っている。

休ませた方がいいだろうか。そうも思ったが、長い時間連れ回すわけでもない。気の毒とは思いつつ、予定どおり協力させることにし、リードを持って裏門の陰から往来を監視し始めた。

『みながわ動物クリニック』の大きな看板を掲げているのは反対側の通りだ。一本奥に入ったこの路地では、通行人の数などたかが知れている。

ほどなくして、通りの向こう側から三十代と見える女が一人、歩いてくるのが見えた。松中《まつなか》翠に違いなかった。

渉は、ウエストポーチの中に入れたカメラの録画ボタンを押した。画像は撮影できないが、音声は記録されるようにしてから、リードを引いて道路に足を踏み出した。

体調不良とはいえ、へたり込むわけでもなく、ちゃんと付いてきたミルは、やがてこちらを追い越し、自分から彼女の方へよたよたと近づいていった。

若い女の人を見つければ、決まって磁石にでも引き付けられるようにすり寄っていく。いつものことだ。香水の匂いが気になってしかたがないからだろう。

「こら」

渉はミルの鼻面が翠の足に触れる寸前でリードを引き、白い巨体を座らせた。

翠はやや驚いた表情を見せたが、やがてスカートの裾《すそ》を気にしながらしゃがみこむと、ミルの頭を撫で始めた。

「あなたの犬?」

「ええ」

「何ていう種類かな」

「グレート・ピレニーズです」

「このサイズだと、毎月の餌代《えさ》も凄いんじゃない？」

大きなものなら体高が一メートル、体重が六十キロにもなる犬種だ。七十センチ、四十五キロ止まりのミルは中型の部類といった方が正確なのだが、余計な講釈は控えておくことにした。

「可愛い顔ね。もしかして中国生まれ？」

全身白一色だが、両目の周りだけは焦茶色《こげちゃ》の斑点になっている。パンダを連想させるミルの容貌は近所でも人気の的だ。

「女の子でしょ」

「男です。まもなく五歳で、ミルっていいます」

「ありがちっぽいけど、でもよく考えたら、あんまり聞いたことがない名前ね。どこからつけたの」

「ミル・マスカラスって知ってますか」

さあ。翠は首を傾《かし》げた。

「メキシコの覆面《ふくめん》プロレスラーです。そのマスカラスが着けているマスクに、顔の模様がちょうど似ているからです。——ところで、あの」

渉はウエストポーチからカメラを取り出し、レンズを翠の方へ向けた。

「すみませんが写真を撮らせてもらってもいいですか」

「わたしの？」

「正確には、お姉さんとミルの、です。ペット写真のコンテストがあるんですけど、人間と一緒に写っていないと応募できない決まりなんです。ニキビ面《づら》の中学生よりも、綺麗な女の人の方が、入選する確率が高くなるんじゃないかな、なんて、いま思ったんですけど」

軽く微笑《ほほえ》んで白いブラウスの胸元に手を当てた翠は、いまの太陽ほどではないが、やっぱり眩《まぶ》しく見えた。

「駄目でしょうか」

「いいえ。別に構わないよ。でも、ここじゃあ暑過ぎるな。どこか日陰の場所に連れて行ってくれない？」

「じゃあ、こっちへ」

裏門から自宅敷地の中へ翠を誘い入れるとき、渉は自宅の二階をそっと見上げた。

ベランダ付きの部屋でレースのカーテンがかすかに揺れた。診察の合間を縫って、カーテン越しにこちらの様子をうかがっているはずの母は、いまどんな表情をしているだろうか。


「ここがあなたの家？　だったら、お父さんは獣医さんね」

この裏門にも、表ほど大きくはないが、『みながわ動物クリニック』の看板を出していた。


「獣医は母の方です。父は警察官をやっています」

「じゃあ、あなたも将来、動物のお医者さんを目指しているんだ」

「そのつもりです。よく分かりましたね」

「医者の子って、たいてい医者になるでしょ。警察官の子も二世が多いけれど、医者ほどじゃないって聞いたことがあるから。それに、犬の扱いも上手いみたいだし」

「いまのうちから、母に教育をされています」

「ずいぶんせっかちなお母さんね。教育って、どんな？」

「夜も入院中の動物を治療しているんですが、見学に立ち会わされています。それから、夕食の時間になると、テーブルの上に一枚プリントが出てくるんです。動物の解剖図とか、内臓の絵なんかが描いてあるやつです。それを見て、骨や臓器の名前を当てられないと、食器洗いをさせられます」

えー、と翠が口に当てた手は、着ているブラウスよりも白かった。

「食事の前にそんなものを見たら、まともに食べられる？」

「大丈夫です。慣れてますから。——これがミルの家なんです」

渉は、丈の低い椿の木まで翠を導いた。ケンネルを置いた場所は、ちょうど木陰になる位置でもある。

「この小屋をバックにして撮らせてもらえますか」

「いいよ。——さて、どんなポーズがお好み？」

「横を向いてミルと向かい合ってもらえると、助かります」

「こんな具合でいい？」

膝《ひざ》に手をやり、尻をやや突き出したポーズをとった翠を前に、少し息苦しさを覚えながら、録画モードから写真モードへカメラのボタンを切り替える。

シャッターを押した。

ほぼ同時に、軽い地震が起きたような錯覚を感じた。椿の枝が上下に波打ったからだった。

だがそれは、地面が揺れたためではなく、翠が突然立ち上がったせいだった。何の前触れもなく、中腰の姿勢からいきなり膝を伸ばしたせいで、一番低い位置にある枝に下方から頭をしたたかにぶつけたのだ。

蜂にでも刺されたのだろうか。何はともあれ、頭を抱えて痛がっている翠に、渉は駆け寄った。

3

「末節骨《まっせつこつ》」

その答えに、千種はブーの不正解音で応じた。

「中節骨《ちゅうせつこつ》」にも「中手骨《ちゅうしゅこつ》」にも、返ってきたのは同じブザー音の口真似だった。

今日の問題は猫の前足についてだった。食卓に用意されたのは、骨格を描いたイラストだ。それによれば、猫の足には、四つの骨があるようだった。

爪《つめ》の方から数えて三番目の名称を当てろ。それが母の出題だった。

次の答えを言う前に、またブーの音がした。

今度そう告げてきたのはキッチンタイマーだった。与えられた一分が過ぎてしまったのだ。

「基節骨《きせっこつ》」と答えを千種が言い、今晩の食器洗い当番が決まった。

その仕事を効率よく片付ける方法をあれこれ考えながら、フォークにスパゲッティを巻きつけていると、テーブルの向かいから千種が、昨晩と同じように無言で手を差し出してきた。渉はその手にデジカメを渡してやった。

「これで撮ったの？　携帯を使ったんだとばっかり思ってた」

「見当たらないんだ」

「どういう意味？」

「なくした」

「何やってんのよ。せっかく買ってもらったのに」

「なんで怒るの？　高校まで禁止じゃなかったのかよ」

「禁止も何もないでしょう。もう買っちゃったんだから。早く探しなさい。お祖父ちやんに何て言うつもり」

大仰《おおぎょう》に顔をしかめてみせながら、千種はデジカメのモニターに翠の姿を再生し始めた。

傍《かたわ》らには雑誌を一冊置いている。病院の待合室にあった週刊誌だった。最初か最後のページに、裸同然の格好をした女の人の写真が大きく載っている類《たぐい》の雑誌だった。発売されたのはいまから三年も前だ。でも表紙の紙にヨレはない。ここへ診察を受けに来る飼い主は、自分のペットの心配で精一杯だ。誰も雑誌なんか手にしない。

しばらくの間カメラのモニターを見据えたあと、さっと視線を雑誌の方へ移す。そんな動作を繰り返していた千種だが、

――父は警察官をやっています。

映像がそのくだりにきたところで、再生にいったんポーズをかけた。

「『います』って……嘘ついたわね」

上目遣いで言ったあと、父の遺影がある方へ目をやった母の横顔は、やはりどこか寂しげだった。

電話の鳴る音がしたのは、スパゲッティの最後の一巻きを口に入れる直前だった。

フォークを置いて立ち上がり、居間へ移動し受話器を取った。
《ワタか？　おれだ》
暑さのせいだろう、いつもは甲高《かんだか》いテルの声が、いまは少し淀《よど》んで聞こえた。
《さっきは何してたんだ》
「さっき？　何時ごろ？」
《三時半ごろだよ。携帯にかけたんだぜ。出なかったな。何してた》
ちょうど翠の写真を撮っていたところだ。
まあいろいろ用事を足していた。そう曖昧《あいまい》に答えてから付け足した。「端末をなくしちまったんだ」
《早く探せよ。こっちが不便だ》
「分かってる。で、何の用だ」
新作ゲームソフトの操作性について、五分間ほど一方的にまくし立ててから、テルは急に語調を変えた。
《ワタ、このごろ付き合い悪くねえか？》
「んなことないだろ」

《じゃあ、なんで今日は断ったんだよ》
午後からプールに行こう、の誘いを受けたのは昨日の昼だった。
「勉強が忙しくなったんだ。親がうるさくて」
後ろの方は声を低くして言った。
《嘘つけ。おまえ、できたんだろ》
「何が」
《これ》
受話器の向こう側に想像されたのは、テルが小指を立てている姿だった。
《今度はどんなオバハンだ？》
「うっせ」
《とにかく暇でしょうがねえんだよ、こっちは。またあとで電話すっからさ、そんときまで探しておけよな、携帯》
「あとでって何時だよ」
九時、の返事と一緒に電話が切れた。
台所に戻り、渉は母に告げた。「ごめん、言い忘れてた」

千種がデジカメから顔を上げた。

「ミルの体調が悪いんだ。今晩、診《み》てもらえる?」

「どんなふうに悪いの」

「よく分からない。とにかく元気がなくて。熱射病かもしれない」

千種は口元に手を当てた。「わたしのせいかな。この暑いときに無理に働かせちゃったから」

翠に近づく口実にミルを使う。そう立案したのは、たしかに母だ。

「違うよ」

翠の前に連れ出す前からすでに体調がよくなかったのだ、と教えてやった。

「分かった。でも一番最後になっちゃうな。ミルには悪いけど、まずはお客さま優先」

診察時間を過ぎても獣医は忙しい。入院中の動物たちを診なければならない。

「ところで、ほら、やっぱり似てるよ。見てみて」

独り言《ご》ちるように呟《つぶや》き、千種はデジカメと雑誌をこちらに滑らせてよこした。

「ね、おまえはどう思う?」

問われて渉も雑誌に目をやった。

治療がでたらめなのに法外な費用を請求する悪徳獣医が横行している――そんな記事が特集として組まれていたため、母が捨てずに保存しておいたこの号には、

【元準々ミス日本が失踪！】

との活字も大きく躍っていた。

【失踪】の真横に掲載された写真の中で微笑む女が、件《くだん》の元準々ミスだ。

その女、元準々ミス日本の倉本舞子《くらもとまいこ》が住んでいたのは、ここから千キロ以上も離れた場所にある地方都市だった。当時、そこで会社勤めをしていた彼女が、仕事を終えたあと行方不明になったと、記事は伝えている。

「おれは、別人だと思う」

「どうしてよ」

「翠の方は、この写真ほど若くないって」

自宅裏門の斜向かいに建つマンション、『ラポール東《あずま》』。そこに二か月ほど前から住み着いた松中翠と名乗る女を見かけたときから、母は「倉本舞子に違いない」と言い張り続けている。偽名を使い、老けメイクをして世間から姿を隠しているのだ、と。

偶然を装って近づき、彼女の姿や声を記録してくる。そんなダーティワークを息子に押し付けるぐらいだから、よっぽど気になってしょうがないのだろう。

いずれにしろ、こうして見比べてみると、しかし母の意見とは反対に、自分の目にはやはり別人のようにしか見えなかった。

顔立ちはたしかに似ていた。だが、目尻の皺《しわ》と頬のたるみがまったく違っている。年齢に開きがあり過ぎるのだ。

雑誌の写真には二十一歳とある。三年前でその年齢だから、いまは二十四歳だ。対する翠はどう見ても三十代の半ばには達している。

「甘い甘い」千種は顔の前で指を振った。「女は簡単に化けるのよ。いまは整形の技術も発達しているし」

たしかに、目の形も鼻の高さも日帰りの手術で変えられると聞いたことがある。

それに、と千種は算盤《そろばん》をはじくゼスチャーをしてみせた。

「逆サバってこともあるんだからさ。分かるでしょ。サバ読みの反対。わざと加齢するわけ。メイクでもできるし、場合によってはそういう手術だってあるんだから」

なるほど別人に見られたいなら、目鼻をいじるより、歳を変えた方が確実かもしれないが……。

「そりゃあ女だもん、わざと老けるなんて、普通は絶対にしたくないよ。考えただけでもぞっとするって。だけど人には事情ってもんがあるからね」

特にね、切羽詰まっている場合は、何でもするものよ。そう付け加えて千種は雑誌に目を落とした。

渉は、スパゲッティの残りを頬張りながら、父親の遺影を見やった。制帽と制服に身を固め交番勤務をしていた彼は、職務質問が上手かった。人の欺瞞《ぎまん》を的確に看破する才能があった。そんな父なら、翠の向こう側にどんな背景を見ただろうか。

4

皿を洗ったあと、しばらくまた携帯を探したが、やはり見つからなかった。

午後八時少し前になると、デジカメを手に、そっと家を抜け出した。

『ラポール東』の三階まで階段を使い、一番奥の部屋のインタフォンを押す。

《どなた》

「おれです」

《どうして携帯に出ないの。何度も電話したのに》

「なくしちゃって」

この返事にはいい加減もう飽きたな、と思いながら〝許可〟を待つ。

「本当ですよ。だからさっきも、携帯の代わりにデジカメを使いました」

《そう……。じゃあ入って》

許可が下りた。合鍵を使ってドアを開け、靴脱ぎ場に立つ。だが、まだスニーカーを脱ぎはしなかった。次の質問を待たなければならない。

「で、どうだったの？」続く問い掛けの声は、これもいつものように、奥のリビングからドア越しに飛んできた。「獣医さんのご意見は」

「少し疑ったけれど、あまり自信はないみたいでした」

「本当に？　わたしに嘘をついていないって誓える？」

「もちろんです」

「そう。じゃあ、上がって」

スニーカーを脱ぎ、短い廊下を進んでから、今度は、リビングのドアをすぐ目の前に睨《にら》む位置で立ち止まった。

「だったら、あなたはどうなの。怪しんでる？　わたしのこと」

「いいえ」

「嘘じゃないよね。誓える？」

「嘘じゃありません。誓えます」

「じゃあ入って」

最後の許可を得てドアを開けると、翠は大きな丸いクッションに横になっていた。肌が透けて見える下着一枚という格好だった。クーラーの効きはいつものように弱い。

翠は、こちらの手にあるデジカメに視線を据え、手の平を上に向けた。

「貸してもらえる？　それ」

カメラを渡した。

「いるのよねえ、どこに行っても」

夕方に録画したデータを器用な手つきで次々に消していきながら、翠はぼそりと口にした。

「渉くんのお母さんと同じみたいな人って。いろんな所を転々としてきたけど、どこの町にもいた」

噂を立てる人がね。似てる似てる、って。元準々ミス日本の倉本舞子とかいう女にさ。前にいた都会でも、その前にいた田舎でもそう。そしてまた、この町でも同じことの繰り返しで、ほんと、うんざり――。

渉の方はその反対だった。いつもの愚痴《ぐち》をこうしてまた繰り返されても、うんざりはしない。翠の声を聞けるなら、それだけでいい。拍動が速くなる。

「あ、ごめんなさい」

こちらが突っ立ったままでいることに気づき、翠は自分の傍らにあるクッションをぽんぽんと叩いた。

そばに寝そべってもいい。こんな許可が出たのは初めてだった。渉は気づかれないように唾《つば》を一つ飲み込んでから、翠の隣に体を横たえた。

翠が寝返りをうつようにして体の向きを変える。横から抱きしめられた。今日も強いこの香水の匂いは何という種類なのか。次回までに調べておこうと決意する。

「信じてくれるのは渉くんだけ。わたしはもう騒がれたくない。この町で静かに暮らしたいの」

正面から覗き込んだ翠の瞳は、少し濡れていた。

「いまのところ気づいたのは、うちの母だけだと思います。これ以上噂が広まらないように手を打つから、安心していいです」

これからも母親の動向をスパイして情報を届けますから、と付け足した。

「ありがと」

「その代わり、ずっとここにいてくれる?」

翠が頷くと、また香水が甘く匂った。

「本当ですね。ぼくにも誓ってください。嘘は言わないって」

誓います、と言ったあと彼女はカメラを返してよこした。

「でも珍しいね、まだ中学生なのに、三十四歳のおばさんがお気に入りだなんて」

翠は三人目だった。最初は小学校時代の担任。次が父の交番にいた婦警。これまで好きになった女は、みなずっと年上ばかりだ。

「どうして?」

理由を聞かれたところで、そういう好みを持っているから、としか答えようがない。

「変な目で見られない?」

〝オバハン好き〟に気づいているのは、いまのところテルだけだが、あいつは軽口だ。クラス中に知れ渡る日も近いかもしれない。

だとしてもかまわない。とにかく翠のそばにいたい。一目見たときから惹《ひ》かれていた。思い切って声をかけてよかった。二か月前の出会いを振り返りながら、翠の頭を撫で返した。

「ここ、大丈夫ですか？　さっき枝にぶつけたところ」

首を伸ばし、翠の頭頂部に目をやってみた。洗い立ての髪だ。湿り気を差し引いても十分に艶やかだが、一本一本はやや細く元気がない。ストレスのせいかもしれない。

「もう駄目。医者に行ったら全治三か月の重傷だって。記憶が全部なくなった。わたしは誰だっけ」

翠は壁際のカラーボックスへ手を伸ばし、そこに置いてあったプラスチック製の小箱を手にした。

「どうして急に立ち上がったんですか」

「何でもないの」翠はゆるく頭を振った。「ただ、急に耳鳴りがしただけ。いままで一度もあんなことがなかったから、驚いちゃって」

「いまはもう、おさまったんですか」

「うん。全く平気。――ね、それより、ミルの心配をしてあげたら。ちょっと元気がなかったみたいだけれど」

今晩、母に診てもらうから心配ないと教え、腕時計に目を落とした。デジタル式の数字は、この部屋に来てからもう三十分近くが過ぎたことを告げていた。嘘のように速い時間の流れを恨みながら、渉は立ち上がった。

「待って」

手にしていたプラスチックの小箱を、翠は開けた。この中にあるのが、何十本もの携帯電話用ストラップであることは、もう知っている。彼女のささやかなコレクションだ。

「ほら」

翠は小箱を差し出してきた。またここから好きなのを持っていけと言っている。

端末と一緒に行方不明になってしまった木彫りのフォックス・テリア。あそこまで気に入ったものは、さすがにもう見つけられなかった。しかたなく選んだのは、犬の肉球部分だけを象《かたど》ったストラップだった。

翠の部屋を出て自宅の裏門をくぐると、犬小屋からのっそりとミルが姿を現した。

「まだ順番待ちか」

もう診察室へ連れて行かれたころだろうと思ったのだが。まあ、それもしかたがないだろう。夏休み中、旅行に出かける家族は多い。ペットホテルの代わりに動物病院を利用する客が増える時期だ。先週から入院用のケージは満室に近い状態が続いている。

腕時計のアラームが低い音で午後九時を告げるのをよそに、ミルの様子を観察してみると、昼間よりもさらに体調が悪そうだった。こちらの頬を舐める舌は、まるで萎《しな》びた蒟蒻《こんにゃく》のようだ。いつもの力強さがまるで感じられない。

ミルの顎を下から支え持つようにし、月明かりの下でレスラーのマスクに似た顔を正面から見据えた。

「もうちょっとの辛抱だ。待ってろ」

言った次の瞬間、自分もまた椿の木に頭を打ち付けそうになっていた。夕方の翠と同じく、突然の耳鳴りに驚き、いきなり腰を上げてしまったせいだった。

5

診察室に入ったのは、午後九時三十分を過ぎたころだった。

千種はもうミルを診察台に寝かせていた。シャウカステンにフィルムが挟まれているところを見ると、レントゲン写真もすでに撮り終えたようだ。

「ちょっと、いままでどこをほっつき歩いてたの」

尖《とが》った声を出しながら、母はミルの両顎《りょうあご》に手を添え、犬に口を大きく開かせた。大型犬の食道はちょっとした洞窟のように思えた。その暗闇に向かって千草は顔を近づけ、小鼻を動かし始める。

ベテランの獣医は、動物が発する臭いから体内の様子を見抜くという。いま母が嗅覚で探ろうとしているのは、たぶん胃や食道の具合だろう。そこから出血していないかどうか、嗅ぎ当てようとしているに違いない。

「補導されても迎えに行ってやらないからね。こっちは忙しいんだから」

「ほっつき歩いてなんかいないよ」

「じゃあ、どこにいたの」

千種はミルから顔を離すと、今度は面積の広い腹に聴診器を当て始めた。

「家の前」

「何してたのよ？　そんなところで」

「見物してた」

「何を」

「向かいのマンションを」

「火事でもあった？　サイレンの音はしなかったけど」

「来たのは消防じゃないよ」

「だったら何」

「警察」

「じゃあ、空き巣でもあったんだ」

「捕まったのは空き巣じゃない」

「だったら誰」

キッチンのテーブルから持ってきておいた例の雑誌を掲げてみせた。「この人」

自分は少し泣いているのかもしれない。【元準々ミス日本が失踪！】に続く【勤務先から二億円横領の疑い】の活字は、少し霞んだ状態で目に映っている。

千種の視線が、ようやくミルから離れ、こちらへ向けられた。

「じゃあやっぱり、松中翠が倉本舞子だったわけね。――でも、まさか、おまえが通報したんじゃないよね」

「おれだよ。おれ以外に誰がすんの」

「だって、否定派だったじゃないの」

「間違ってた。騙《だま》されてた、これに」

算盤をはじく仕草をしてみせたあと、渉はマズルを手に取り、グレート・ピレニーズの口に被せた。

「どうやって見破ったの」

「もういいから、早くミルを助けてやってよ」

犬に異物を誤飲させてしまう事故は多いが、まさか自分までそれをやらかしてしまうとは予想していなかった。

ミルは翠がつけている香水に興味を持っていた。木彫りのフォックス・テリアにも、当然その匂いが移っていたはずだ。小屋の前に飼い主が落としていったそれを、うっかり口に入れてしまったとしても無理はない。

千種は耳から聴診器を外すと、オキシドールを飲ませていった。

「もしかして、これで見破ったの？」

ラテックスグローブを嵌めた手で、たったいまミルが吐き出したものを、千種はつまみ上げた。

頷く代わりに渉は、舌を出して息を荒くしているミルの頭を撫でてやった。

「なんで聞こえるんだよ……」

翠に突然の耳鳴りが起きたのはなぜか。理由は一つしかない。あのときテルがこちらにダイヤルしていたからだ。逃亡中の女はミルの口を通じて耳にしたのだ。犬の胃袋で鳴った着信音を。

「……三十四歳のくせに」

いまだにテルのコールがしつこく繰り返されているらしい、素手で受け取った胃液まみれの携帯電話は、青いランプを点滅させながら、蚊の飛ぶ音を静かに放ち続けていた。

黒白《こくびゃく》の暦《こよみ》

1

目の前に置かれた梨は飴色《あめいろ》をしていた。かなりの大玉《おおだま》だ。目測したところ、直径は十二センチを超えている。

安永秋穂《やすながあきほ》は手を伸ばし、その巨大な果実を持ってみた。重さは八百グラムほどもあるだろうか。手の平《ひら》で包み込むようにして触ってみると、きめの細かい表皮からは、丁寧に織られた布地が連想された。

品種は何だろう。

もう十一月も中旬に入った。時期からいえば晩生種だから、幸水、豊水といった有名どころではないはずだ。おそらく新高《にいたか》。そうでなければ新興《しんこう》だろう。いや、新興にしてはサイズが大きすぎるか……。

迷いながら秋穂は、隣に座った門脇理花《かどわきりか》に梨を渡した。

受け取ると理花は、果実に鼻を近づけた。やられたな、と思う。匂いから品種を探ろうとする発想を、自分は持っていなかった。

「そろそろ、よろしいでしょうか」

審判役の田中《たなか》という社員が理花に声をかけた。理花は頷《うなず》き、梨を彼に手渡した。

田中は、皮を果物ナイフで剝《む》くと、実を四等分にした。その一つにフォークを刺し、皿に載せ、こちらの前に置く。そして同じように四分の一の欠片《かけら》を理花の前にも差し出した。

「では、召し上がってください」

秋穂は、頭のなかに糖度計の目盛りを想像してから、フォークを手にした。

軽く目を見張ったのは、一口齧《かじ》った直後だった。舌が感じた甘さは予想をはるかに超えていた。脳内糖度計の目盛りは、十分に甘いといわれる十二度を軽く超え、十五、六度まで一気に駆け上がった。

もう一口味わってから、皿の横に用意された紙とサインペンに手を伸ばした。

「新高　十六度」

そう書き入れ、紙を伏せる。

サインペンの先端にキャップを戻しつつ、ふたたび隣の理花へ視線をやると、彼女もまた答えを書き終えて紙を裏返しにしたところだった。

「ご記入はお済みですね。では失礼します」

田中はまず理花が伏せた紙に手を伸ばした。

「はじめに、門脇次長のお答えを発表させていただきます。新高。十五度」

食品の開発と卸売《おろし》りを手がける「フーズ北栄《ほくえい》」。その社屋二階にある農水産食品部のフロアは、いつの間にか静まり返っていた。社員はみな、部屋の中央に置かれたこの会議用テーブルを取り囲んで押し黙り、ことの成り行きを見守っている。

続いて田中は、こちらに寄ってきて、今度は秋穂が書いた紙を取り上げた。

「代わりまして、安永部長のお答えを発表させていただきます。新高。十六度」

おおっ。一度の違いが、テーブルを取り囲んだギャラリーたちに小さな歓声を上げさせた。

田中は、大袈裟《おおげさ》なゼスチャーで静粛《せいしゅく》を求めたあと、わざとらしく咳払いを重ねた。

「では、正解を発表いたします。まず品種ですが、これは新高でございます」

いちおう拍手が鳴ったものの、まだこの段階ではまばらだった。

「次に糖度ですが、これは実際に測ってみた方がいいでしょう」

その言葉を受け、田中のそばに控えていた社員がテーブルの上に糖度計を置いた。

田中はゴム手袋を嵌《は》めると、先ほど自分が切った梨の残りを持った。尖《とが》った部分を指先でつまみ、糖度計のレンズ部分に果汁を絞って垂らそうとする。

静まり返っていたフロアに、電話のコール音が鳴り響いたのは、そのときだった。

鳴った電話から一番近い位置にいた女性社員が受話器を取り上げた。彼女は何度か畏《かしこ》まった様子で、はい、の返事を繰り返してから受話器を置き、こちらを向いた。

「部長、次長。お二人を社長がお呼びです」

2

一つ上の階にある社長室までは階段を使った。

「もしかして異動の件かな」

秋穂が話しかけると、理花は相槌《あいづち》を打った。

「そろそろだもんね」

十二月一日に管理職の異動があると知らされていた。師走の配置換えとはあまり聞かない話だが、事業統括部長が十一月いっぱいでの退職を表明している以上、しかたのないことだろう。

事統部長のポストには農水産食品部長の経験者が就《つ》く。それが会社の習慣だ。ということは——。

秋穂は服の袖に付いていた糸屑を払った。

ということは、順当にいけば次は自分がその席につく運びになる。

だが油断はできない。社長の北野《きたの》は理花を高く買っているようだ。こちらを飛び越えての抜擢《ばってき》人事が、ないとは言い切れない……。

秋穂は理花の前に立ち、社長室のドアをノックした。

入れ、の返事にノブを回すと、北野は執務用の椅子《いす》ではなく、応接セットのソファに座っていた。

「終業間際にすまんな。まあ座れよ」

向かい側のソファへ顎《あご》をしゃくった北野に一礼し、腰を下ろすと秋穂は言った。

「またですね」

「またとは何だ」

「これです」

秋穂は応接セットのテーブルを指さした。そこにも果物が載っていた。形は下膨《しもぶく》れの楕円形。色は南国の景色を想像させる鮮やかなオレンジ。

枇杷《びわ》だ。三つほどある。

「今日は下の階にも、新潟の業者から梨の付け届けがあったんです」

「ほう。品種は何だった？」

「新高です。いま二人でそれを食べてきたばかりです」

「こんなに大きなやつですよ」

横から理花が手でサイズを示すと、北野は呆れ顔を作ってみせた。

「二人だけで食ったのか」

はい、と答えてから、理花は慌てて手を振った。「でも、食べたのはほんのひと欠片だけなんです」

「どっちにしろ独り占めだろ。吝嗇《けち》だな。みんなにも分けてやれよ」

「いえ」秋穂が割って入った。「どういう経緯《いきさつ》があったのかよく分かりませんが、部員たちのあいだで話が持ち上がったようなんです」

「どんな話だよ」

「部長と次長では、どっちが商品に詳しいか、という話です」

そこで部長室から引っ張りだされ、次長である理花を相手に、品種と糖度の当て比べをさせられたのだ。そう説明すると、北野は顋を撫でながら頷いた。

「なるほどな。まあ、ひと欠片しか食っていないなら、まだ胃袋に余裕があるだろう」

「……はい」

「じゃあ、これも」北野は顋に当てていた指を枇杷の方へ向けた。「味わってみろよ。いいな。命令だ」

秋穂は、理花と顔を見合わせてから、枇杷の一つを手に取った。見たところ手近に果物ナイフの類《たぐい》はなかった。しかたなく果実のヘソ部分に指先をあてがい、手で皮を剝いた。

剝き出しになった実にそっと口をつけると、北野が口を尖らせた。

「おいおい、遠慮すんなよ。思いっきりガブッとやれ」

そうはいかない。枇杷の種は思った以上に大きく、硬いものだ。実の中心部には、栗をミニチュアにしたような黒褐色の塊が、でんと居座っている。幼いころ、知らずにかぶりつき、歯を痛めたことがある。

秋穂は汁を吸いながら、ゆっくりと上下の顎を閉じていった。

あれ、と思った。口に含んだ部分の体積からいえば、まちがいなく種に歯が当たるはずなのだが、硬い感触はなかった。

口元から離して果実を覗いてみると、栗のミニチュアはどこにも見当たらなかった。

どうやらこれはシードレス、つまり種無しの枇杷のようだ。

社長室の柱時計が、終業時間である午後六時を告げた。

「悪いが、もうちょっと付き合え」

北野もテーブルに手を伸ばし、枇杷を取り上げた。

「これを作ったのは、福島にある農業生産法人だ。まあ、種無し枇杷なんざ以前からあったよな。別にいまさら騒ぐほどのもんじゃない。だがこいつは、従来のやつとは違う。ずっと可食率が高い品種だ」

しかもまったく味が落ちていない。むしろ種有りのものより糖分は多くなっているようだ。

「福島の何という法人ですか」

「常磐中央《じょうばんちゅうおう》ファームってところだ」

ぼんやりとしか聞き覚えのない名称だった。

「やっこさん方、このとおり実は技術力という点では十分なんだが、肝心の販売ルートを持っていない。そこで連中が言うには――」

「収穫をウチに卸してもいい、と？」

理花が先取りして引き継いだ。

ビンゴと親指を立てる古臭い動作で応じたあと、北野は目を細めた。「二億だよ。試算ではな」

それがその枇杷を扱うことで得られる年間の営業利益とのことだった。

二億。会社の規模から考えれば、かなり大きい部類に入る数字だ。

「秋ちゃん、理花ちゃん。そこでお二人の出番だ。いいか、常磐中央ファームで渉外の窓口になっているのは安達《あだち》って名前の男だ。役職は専務だが、実質的にはトップらしい。あそこの役員はみな安達の言いなりだよ。お二人さんには、この安達を接待しながら商談をまとめて来てほしいってわけだ」

「ですが……」秋穂は枇杷をテーブルに戻した。「わたしはゴルフが苦手です。ほかの社員に担当させた方が無難だと思います」

「誰が芝刈りをしてこいと言った?　安達の趣味はな」

「これですね」

理花が肘《ひじ》を伸ばす動作をしてみせた。ルアーをキャスティングする真似だ。

「そうだ。次長、よく知ってたな。もしかして、もう付き合いがあんのか」

「いいえ。たまたま覚えていただけです。その安達という人、業界紙に一度出ていましたから」

「ほう。どの新聞だ」

「『日本食産新報』です。たしか『ホビーで一息』でしたか、そんな名前のコーナーがあって、写真が掲載されていました。釣り竿を持った格好で」

たらしい。

写真のキャプションに「常磐」と「安達」の二語があったことを、理花は覚えてい

北野は、子供が二挺拳銃の真似をするように、両手の人差し指を理花に向けた。

「さすがだな、次長。——で、部長の方はどうだ。異論はないいな」

釣りならば、と秋穂は承知した。

漁師の娘として生まれ育ったせいで、中学生の頃までは「魚臭い」と苛《いじ》められることもあった。だが、幼少の時分から父親に仕込まれた竿捌《さおさば》きは、ここに入社して以来ずいぶんと役立っている。同じ港町で成長し、同じように漁師の父を持つ理花にしても、その点に変わりはない。数年前に業界内で起きた遊漁ブームは、ひところに比べてだいぶ下火になったとはいえ、まだ完全に終わったわけではないようだ。

「場所は仁部湖《にべこ》あたりがいいんじゃないか？　二人とも働きすぎだから、まあ、遊びがてら、のんびりしてくればいい」

「ありがとうございます」

「日程は、そうだな……」北野は卓上のカレンダーに顔を寄せた。「今月の二十一日なら大安だ。この日にしておけ。いいだろ？　水曜日だ」

「了解しました」

二人で社長室を辞した。

階段を下りながら、秋穂は理花の横顔を覗《のぞ》き込んだ。

「ところでさ、お父さんの具合はどうなの」

理花と同居していた彼女の父親が、自宅で転倒してから、ちょうど一か月になる。少し躓《つまず》いただけ。理花の表現によれば、事故の状況はそうなる。だがレントゲン写真には大腿部《だいたいぶ》を走る亀裂がはっきりと写っていたという。かなり骨が脆《もろ》くなっていたようだ。

「問題なし。元気なもんよ。一日中寝ているけど、うるさくてしょうがないくらい。暇だから船に乗せろ、って」

二階に戻ると、会議用のテーブルはすっかり片付いていた。フロアはもう閑散としている。「子育て応援デー」である毎週火曜日はいつもこうだ。小学生以下の子供がいる社員は、残業が禁じられているため、四年生の父親である田中の姿も、もう見当たらなかった。

次長席に戻ろうとする理花に、秋穂は、

した。

パーテーションで仕切られた部屋に二人で入ると、机の抽斗《ひきだし》から名刺の箱を取り出

そう声をかけ、一緒に部長室の方へ歩いた。

「ちょっとお願いしたいことがあるから」

「理花ちゃん、またお願いしたいの。これを持っててくれない?」

箱を開け、ちょうど十枚分を数えて理花に渡した。

七、八年ほど前、関西へ出張した際に、名刺を持参し忘れ、えらく慌てたことがある。以来、仕事で遠出する前には、念のため、同行する相手に何枚か預かってもらうことを習慣にしている。

十枚の名刺を手に理花が出て行くと、入れ違いに顔を覗かせた社員がいた。安永一《かず》輝《てる》だった。片手には、仕事の資料だろうか、何やら薄緑色の紙を持っている。

「ちょっといいですか」

農産課に勤める部下であり、また実の息子でもあるこの中堅社員の声には、覇気というものが感じられなかった。最近はずっとこんな調子だ。学生時代に登山で鍛えた体も、いまは一回り小さく見えている。

秋穂はすぐに息子から目を離し、机の上に散らばった書類の整理を始めた。

「何の用？」

「あの……ですね。聞いてほしいことがさ、あるんだけど」

職場と家庭を混同したその口調に、整理の手を休めることなく、きつく言い放った。

「見て分かるでしょ。いま忙しいの。仕事以外の話だったら後にして」

個人的な話は会社ではするな。そう何度も言ってあるはずだ。

「……分かりました」

「あ、ちょっと待って。ところでさ」

出て行こうとする一輝を呼び止める一方で、秋穂はハンドバッグから手帳を出した。

「いくつだったの？」

「何がですか」

「さっきの結果。新高の糖度よ。いくつ？」

「ああ。……十六度でした」

「そ。ありがと」

一輝がドアを閉めると同時に、手帳の暦欄《こよみらん》を開いた。

一日ごとのマス目には、黒か白いずれかの丸印をペンで描き込んである。毎日の仕事を終えるたびにそうしていた。その日の仕事ぶりは、自分と理花のうち、どちらが上だったのか。主観による判断ではあるが、できるだけ自分に厳しい目で勝敗を決め、こうして白星、黒星で記録するようになってから、はや二十年にもなる。

今日はどっちの勝ちだった……？

微妙なところだ。社長の前では理花の如才なさに分があったように思う。だが彼女は糖度を外し、わたしは当てた……。

十一月十三日のマスに描いた白丸は、いつもより少し控えめだった。

3

長く海釣りだけをやってきたせいだろうか。

目の前にあるのは淡水だ。だが、こうしてルアーをキャスティングすると、存在しない潮の香りを鼻が勝手に嗅いでしまう。

十一月二十一日。

久しぶりに竿がしなる手応えを楽しもうと、朝早く家を出て、一人で仁部湖へやって来た。宿泊先である湖畔のペンションに荷物を置いたあと、竿を持って地元の漁協が運営するボートハウスに向かったのが午前十時だった。そこで二時間分の遊漁券を買い、このルアー専用デッキに立ってから、早くも一時間が過ぎてしまった。

しかし六十分もねばって釣果《ちょうか》がたったの二尾とは少なすぎる。けっこう長いブランクがあるとはいえ、自分の腕はここまで鈍くなかったはずだ。

それに比べて、斜め後ろの位置、デッキの反対側で釣っている男は違っていた。先ほどから十分に一尾ぐらいのペースでニジマスを釣り上げている。

ルアーにミノーを使ったのがいけないのかもしれない。スプーンに変えようか。そう考えてリールを巻き上げつつ、また斜め後ろの男に目をやった。

赤いフィッシングジャケットを着たその男は、ちょうど次のキャスティングのために仕掛けの準備をしているところだった。背凭《せもた》れ付きのチェアカートに座り、太い指を器用に動かしている。

彼の様子をしばらく眺めてから、秋穂は、

「あの、お邪魔でしょうけど」

と声をかけた。

振り返った男の顔は、ほぼ正円に近い丸型だった。顎にだけ短い髭をたくわえている。

「このデッキは、ルアーとフライ限定だと思うんですが」

ところが男はいま、釣り針にカゲロウの幼虫を付けようとしている。生餌《いきえ》だ。よく釣れるのも道理だった。

「本当に邪魔だよ、あんた」

「え？」

「他人《ひと》のことなんか、ほっときなさいよ」

「……失礼な方ですね」

「うるさいって言ってんの」

「違反です。生餌は」

男は、背中をこちらに向けると、手早く道具一式をまとめ、桟橋のさらに先端の方へ移動していった。そして、前にいた場所から十メートルほど離れた地点で立ち止まると、カゲロウをつけたままの釣り針を、何ら悪びれるふうでもなく湖面に向かって放り投げた。

秋穂はズボンのポケットから携帯電話を取り出した。遊漁券の半券に印刷されているボートハウスの番号を押す。

待つほどもなく、漁協の職員がやってきた。

「あそこの赤いジャケットの人です」

ルール違反の犯人をそっと指さしてやってから、竿を畳み始めた。

ルアーをスプーンにすれば、残りの時間で四、五尾は釣り上げられそうな予感があった。そうはいうものの、こう不愉快な思いをしてしまっては、とても竿を握り続ける気にはなれなかった。

その場から立ち去るとき、背後で漁協の職員が男に注意する声が聞こえた。

ボート釣りを楽しみながら湖上で行なう商談は、今日午後二時からの予定だ。それまでにあの迷惑な男が消えてくれればいいのだが……。

ペンションの部屋に帰ると、もう理花も来ていた。

あまり装飾品を好まない彼女の耳たぶは、今日も裸のままだ。イヤリングの一つでもしてくれればいいのに。そう思いながら、秋穂は籐の椅子に腰を下ろした。

　理花が目の前に立ったのは、帽子で首筋を扇《あお》ぎ始めたときだった。

「秋さん、大丈夫？」

「大丈夫だよ。どうして？」

「顔色、ちょっと悪いみたいだから」

「……桟橋にね、嫌なやつがいたの」

「もしかして痴漢？」

「じゃなくて」

「だよね。二人足して百十四歳じゃあ、誰も狙わないか」

　笑って同意してみせたあと秋穂は、見知らぬ男と、釣り場の規則をめぐってちょっとした口論をしたのだと教えてやった。

「丸顔ね……」理花は視線を宙にさまよわせた。「もっと詳しく教えてもらえる？　その人の外見」

「ジャケットは派手な赤だった。で、こんな体格」

　両手で肥満体型をアピールしたところ、理花の顔色が変わった。

「髭は？　生やしてなかった？」

「生やしてた。顎のところにだけ、ちょっとね」

理花はベッドに置いてある自分のバッグに駆け寄った。ジッパーを開き、なかから書類を一枚取り出す。

「それって、もしかしたら、この人じゃなかった？」

理花が手にした紙は新聞記事のカラーコピーだった。受け取ってよく見ると、欄外に印刷された紙名には『日本食産新報』とあった。

『ホビーで一息』。そう題された囲み記事を複写したその用紙には、人物の写真が大きく掲載されていた。赤いフィッシングジャケットを着た大柄な男だった。

「嘘……」

男は丸顔に顎鬚《あごひげ》をたくわえていた。桟橋で会った「生餌の男」と同じ人物であることに間違いはなかった。

新聞の日付は一年ほど前だが、服装も体型も髭の形も、いましがた自分が目にしたものと、ほぼ完全に一致している。強いて違いを挙げるとすれば表情だ。紙面の男は、満面の笑みを湛《たた》えていた。

「嘘……」

もう一度同じ言葉を繰り返しても、写真のキャプションにある文字が「常磐中央ファーム専務取締役　安達修《おさむ》さん（福島　五十二歳）」であることに変わりはなかった。

指先から力が抜け、コピーの紙が下に落ちた。

安達もまた、約束の時間より早く来て、自分の趣味に興じていたのだ――。

気がつくと秋穂は床にへたり込んでいた。

商談の相手と口論をした。相手はかなり気分を害しているはずだ。もし午後からのボート釣りに自分が出て行ったら破談になるのは目に見えている。釣り場のルールを守らなかった方が悪い。そんな正論も、安達の性格を考えれば通らないだろう。

「もう破談になってるんじゃないかな」理花はコピーの紙を床から拾い上げた。「女の釣り客はもともと珍しいし、まして、こんな辺鄙《へんぴ》な場所には滅多に来ないし……」

理花の言うとおりだと思った。

「フーズ北栄」から出向いてくるのが「安永秋穂」と「門脇理花」という名前の女性社員であることは、とっくに安達へ伝えてある。だから彼は、いまごろ見当をつけているはずだ。生餌は違反だと偉そうに文句をつけてきた女は、これから商談の相手として現れる二人のうち、どちらか一方だろうと。

「どうしよう……」

会社に連絡し、代打の社員に来てもらうか。

いや、それも無理だ。もう正午を過ぎている。助っ人を呼び寄せる時間の余裕はない。

秋穂は立ち上がり、理花の両腕を摑んだ。

「門脇次長、悪いけど、あなたが一人で行ってくれない」

「え……」

「わたしは急病ってことにするから。いきなりお腹がどうしようもないほど痛くなって、倒れたってことにする」

「でも」

「お願い。だって、もしかしたら望みはあるかもしれないじゃない。わたしが顔を出せば今回の契約は間違いなく流れる。でも場を設けてしまった以上、誰かが行かなきゃいけない。だったら、次長、あなたしかいない。でしょ？」

喋《しゃべ》っている途中から、自分の顔が勝手に歪《ゆが》み始めたのがよく分かった。胃のあたりが本当に痛んできたせいだ。

4

六十時間ぶりにもどった自宅は、どことなく湿っていた。

仏壇の前に座り、三年前に他界した夫の遺影に形ばかり手を合わせたあと、台所に入った。

流し横の壁にぶら下げた日めくりは、仁部湖に出かけた「二十一日　水曜日」のままになっている。その水曜を破り捨て、続く木曜日も両手で丸めた。

まさか本当に寝込む羽目になるとは思わなかった。理花を先に帰し、自分だけは宿泊を延長し、今朝までペンションのベッドに臥《ふ》せっていた。家に帰る途中で病院に寄り、たったいま、内科の診察を受けてきたところだ。

神経性胃炎。医者から告げられた病名は見越したとおりだったが、処方された薬の量は予想に反してかなり少なかった。朝と夕に錠剤を一つずつ。それだけだ。本当に効くのかと不安になる。

とりあえず夕の一粒をコップ一杯の水で喉に流し込んだとき、留守番電話のランプが光っていることに気がついた。
《十一月二十二日。木曜日。午後十二時四十五分です》
合成音声のあとで電話機が再生したのは、理花の声だった。
《秋さん？　もしかしたら、まだペンションで寝ているかな。携帯だと邪魔だろうから、家の方へ電話しておくね》
もう帰ってきたよ、理花。
《出張の復命書は出しておいたから。あと、さっきね、社長に常盤中央ファームから連絡があったみたい》
さっき……。留守電の録音タイミングから考えれば、昨日の午前中ということか。で、どんな連絡だったの？　だいたい見当はつくけど。
《今回の話は、なかったことにさせてもらうって》
やっぱり。当然だよね。
《月曜日は出て来られそう？　もし出社したら、朝一番に社長室に来いってさ。辞令の交付があるみたいだよ》
理花が吹き込んだメッセージはそこまでだった。

秋穂は手帳の暦を開いた。二十一日、二十二日のマスにボールペンで描き入れたのは、もちろん黒丸だ。一人で商談に行ってもらい、復命書まで作ってもらった。一昨日以来、ずっと理花から負け続けているのだから、白星であるはずがない。

ついでに「二十六日　月曜日」のマスにもペンの先を置いた。一昨日の失敗で昇進の見込みはほぼ絶たれたことだろう。事業統括部長に抜擢されるのは、たぶん理花ではないかと思う。

二十六日のマスにあらかじめつけた黒星が、ふいに出てきた涙のせいで、わずかに滲んだ。

5

いま自分を取り囲んでいる空気の分子一つ一つが、細かい棘《とげ》を持っているかのようだった。

高校を出てから三十九年間奉職してきた会社だ。この社長室にも、先代のころから数え切れないほど足を運んできた。そのたびに多かれ少なかれ緊張したものだが、いまほど居心地が悪いと感じたことは記憶にない。

「安永部長、体の具合はもう大丈夫か」

そう訊《たず》ねてはきたものの、執務用デスクについた北野の両目は、机上に広げた新聞に向けられたままだった。

「……はい」

「ならいいが、会社の方は大いに具合が悪い。重症だ。ま、二億の話がパーになりゃあ当然だよな。それにしても驚いたね。なんでも商談の前に、先方に対してえらい非礼があったそうじゃないか。え？」

すみません。そう口を動かしたが、声帯が完全に萎縮《いしゅく》しているせいだろう、発音はできなかった。

北野は新聞を畳むと、デスクの抽斗を開けた。そこから取り出したのは白い封筒だった。

「どうした？　辞令だ。要らんのか」

小刻みに震える手で受け取り、社長室を出た。

二階へ戻る階段の踊り場で、いったん秋穂は足を止めた。周りに人気《ひとけ》がないのを確かめてから封筒に指を入れる。

何秒かそのまま固まり、結局、中身を出すことなく、階段の残りを下った。社員たちの耳は早い。もう誰もが知っているはずだ。二億の商談が水泡に帰したことを。そして「戦犯」が誰なのかも、とうに把握していることだろう。

農水産食品部の部屋に入ると、部下たちから口々に「お帰りなさい」の挨拶を受けた。

意外に思ったのは、彼らの口調だった。こちらに投げられた「お帰りなさい」は、やや極端に言えば、

「帰ってきやがった」

そんなニュアンスで聞こえなければならないはずだ。何しろ会社に利益を与え損ねた張本人なのだから。

だが、誰が口にする挨拶にも険は感じられない。

「あの、部長」

ふいに横から呼び止められた。声の主は水産課の安永泉美《いずみ》だった。「一輝の妻」でもなければ「義理の娘」でもない。泉美を前にして真っ先に浮かぶ言葉は、いまでも

「理花の娘」だ。

「先日ちょっとご相談した昆布の件なんですけど、当社にも卸してもらえるよう、先方と交渉してみようと思うんですが」

「ああ、あのプリコンってやつ？」

　近頃、ある研究施設で、どんな食品でもプリンのように柔らかくしてしまう技術が開発された。目的の食材を特殊な酵素液に浸したあと、真空状態に置くことで、細胞の分離が惹《ひ》き起こされ、軟化するらしい。その技術を昆布に応用した商品を売り出そうと、泉美はいま躍起になっている。

「だけどネーミングがどうもね。プリンのような昆布だからプリコンてのは、あんまりじゃない？」

　生返事にならないよう気をつけながら、泉美の表情をうかがってみたが、彼女にもまた、こちらを見下した素振りはなかった。

「はい。その点は、おっしゃるとおりだと思います。――あの、調べてみたんですけど、プリン化の技術は海草だけでなく、魚介類全般にも応用できるみたいなんです。昆布が駄目なら、烏賊《いか》とか貝とか、食べづらいものをいろいろ柔らかくすれば、消費者に受けると思います。ですから」

言葉に熱がこもり始めた。瘦せた青白い頰が次第に赤味を帯びてくる。

一輝と泉美が結婚して五年になるが、夫婦のあいだにはいまだに子供がいない。泉美は出産したら会社を辞めて主婦になるつもりでいたようだ。しかし目論見《もくろみ》は完全に外れた。このところの泉美は、その悩みを紛らわすかのように、仕事に打ち込んでいる。

社内での地位を別にしても、いままで自分が理花に対し、どことなく優越感のようなものを覚えてこられたのは、泉美の不妊が原因かもしれない。

——あんたの娘がわたしの息子を不幸にしている。

気持ちのどこかに、そんな考えがあったようにも思う。

いずれにしろ、この状態が理花にとって負い目であることは間違いないだろう。

「先方にこちらから資金援助を提案して、その代わり、事業計画書を出してもらったらどうでしょうか」

そこでようやく泉美は、水産課長を飛び越えて部長に上訴してしまったことに気づいたようだった。

「ね、課長」

と、おどけた調子で付け加え、巧みにルール違反を詫びてみせる。

「ええ。泉美ちゃんの言うとおりです。うまくいけば、シードレス枇杷なんてもんじゃありません」水産課長はそう受けてから、ちらりと次長席の方へ目をやった。理花が席を外していることを確認したようだった。「常磐中央ファームの話が駄目になった分も、すぐに挽回できると思います」

「分かりました。その話は考えておきましょう」

結局生返事をし、秋穂は足早に部長室へ入った。

いまは仕事どころではない。

深呼吸一つ。それでどうにか意を決し、辞令の封筒を開けた。

【十二月一日付けをもって農水産食品部長の任を解き、同日付けをもって事業統括部長に任命する】

見間違いかと思い秋穂は、きつく目を閉じたあと何度も瞬《まばた》きを繰り返した。

6

最後の仕事は「プリコン」の決裁《けっさい》だった。

泉美の起案書に押印したあと、使ったばかりの判子を小さな段ボール箱に放り込むと、もう机の上には何もなくなってしまった。

もともと書類は溜めこまない主義だ。そのせいもあって、この二階から、事業統括部長室のある三階へ荷物を移す作業など、ほんの小一時間で済んでしまっていた。

秋穂は段ボール箱を持って部長室を後にした。

起案書を泉美に返し、ついでに、しっかりやれと肩を叩き鼓舞《こぶ》してやると、理花の娘は頭頂部のつむじが見えるほど頭を下げた。

「ありがとうございます。——でも、これから寂しくなってしまいます」

「何言ってんの。寂しかったら、いつでも顔を出しなさい。すぐそこにいるんだから」

天井を指さしながらフロアを見回した。探したのは理花の姿だった。席には見当たらない。

「次長は？　どこかへ行ってるの？」

「はい。いまは総務部にいると思います。すぐに戻るはずですが」

「そう」

会議用のテーブルについて、新聞を眺めながら理花の帰りを待つことにした。

テーブルのそばに設けられた共用のパソコン席では、若手の部下たちが株価を調べているところだった。

「見ろよ」画面を覗きこんでいた一人が言った。「だいぶ上がってんな、丸壱《マルイチ》」

秋穂は頬杖をつくふりをしながら、パソコン席の方へ耳を近づけた。

丸壱商事――常磐中央ファームとの話が破談になったあと、代わってシードレス枇杷の販売契約を結んだライバル社の名前が出てきては、さすがに聞き捨てるわけにはいかない。

「かなり儲けてますね」別の社員が応じた。「シードレスのおかげですか？　やっぱ」

「ああ。あの枇杷、値段の割には、相当捌《は》けてるって話だ」

「是非ともうちで欲しかったっすよね、常磐ちゅ――」

そこまで言ったところで、彼は急に口をつぐんだ。肩を竦《すく》め、下を向く。明らかに、しまった、という仕草だ。

彼が口を閉じたのは、総務部から戻ってきた理花の姿に気づいたからのようだった。いまの様子からして、常磐中央ファームの話は理花の前で御法度《ごはっと》になっているらしい。

秋穂は立ち上がった。手招きすると、理花が寄ってきて先に口を開いた。「ごめんね」

「どうして謝るの」

「引っ越しの手伝いができなくて」

生産現場の視察に小売店調査、おまけに在庫調べ……。そういえば今日は朝からずっと、理花は忙しく動き回っていた。

「持とうか」

理花が段ボールに腕を伸ばしてきた。それを押しとどめ、代わって秋穂は自分の方から理花に向かって手の平を差し出した。

「そろそろ返してもらえる」

「……何を？」

「名刺」

「ああ、ごめんなさい。預かったままだったね」

理花はいったん次長席に戻り、薄い名刺の束を手にすると、すぐに戻ってきた。

「本当に辞めちゃうの」

名刺を受け取って訊くと、理花は目で頷いた。

「介護だったら、専門家に任せた方がいいんじゃないの」

「それはそうだけど、でも、とんでもなく頑固だからね。他人じゃ無理だと思う。あの歳になっても人見知りが激しいし」

「じゃあやっぱり、考え直す気はないんだ？」

理花は目を伏せることで、ないと答えた。

父親の介護に専念するため、今年の仕事納めの日を最後に退職するつもりだ。そう理花に告げられたのは、三日前の夕方だった。

――問題なし。元気なもんよ。

口では強がってみせていたが、やはり事態は深刻だったようだ。

しかたのないことかもしれない。高齢者が足を骨折した場合に受けるダメージは深刻だ。寝たきり状態になれば老化が一気に加速する。長年漁師としてならした頑丈な海の男にしても例外ではないだろう。

「じゃ、また」

理花に手を振り、秋穂は三階の事業統括部長室へ向かった。

ワンランク高級になった椅子に座って、まず取り掛かったのは、いま返してもらった名刺の枚数を数えることだった。

それは九枚しかなかった。

もう一度数えてみても、やはり一枚足りなかった。

思ったとおりだ。

仕事でヘマをしたのは自分なのに、なぜ昇進できたのか。反対に、なぜ理花が次長席に留まっているのか。

この数日間、ずっと考え続けてきた疑問に、やっと答えを見出したのは、今朝になってからだった。

商談に一人で出かけていった理花は、当然、安達に名刺を渡したはずだ。だがそれは理花の名刺ではなく、預かっていた別人のものだった。

理花は自分を「安永秋穂」だと名乗ったのだ。

だから安達は、消去法で思い込んだ。自分に釣り場のルールをうるさく説教した女は「門脇理花」の方だ、と。そして、北野に破談の意を伝えるついでに、「門脇という社員のせいで不愉快な目にあった」と言い添えた。

その噂は社員たちにも広まった。だから彼女の前で「常磐中央ファーム」は禁句となったのだ。シードレス枇杷の契約が取れなかったのは理花のせいだと認知された。

ドアがノックされた。安い樹脂パネルのパーテーションと違って、今度は厚みのある木材だ。音には落ち着きがあった。

「どうぞ。開いてますから」

声をかけると、入ってきたのは一輝だった。表情には今日も翳《かげ》りが濃い。

「どうした――」

語尾の「のよ?」は言えなかった。一輝が一息に、

「いまだったら忙しくないよな。異動したばっかかじゃ、仕事はまだないだろ。だったら今日は言わせてもらう」

そう言葉を被《かぶ》せてきたせいだ。

「実は、今度おれ、治療を受けようと思う」

「……あんた、どこか悪かった？」

「ああ。悪い。だから検査を受けたよ。泌尿器科の」

こちらへ歩み寄って来た一輝は、手に薄緑色の紙を持っていた。それをデスクの上に放り投げるようにして置いた。

紙には見覚えがあった。記憶が正しければ、先日も一度、これを見せようとしたはずだった。

手にしてみると、それは病院が発行した診断書だった。病名の欄に記された言葉には馴染みがなく、ぱっと目にしただけではその漢字を頭のなかで音読することすらうまくできなかった。

「精索《せいさく》静脈《じょうみゃく》瘤《りゅう》」。

どんな病気なのよ、これ？　そう訊ねようとして口を開いたものの、結局黙っていた。「精」の文字から、だいたいの見当はつく。

「分かったろ。泉美のせいじゃないんだ。原因はおれだったんだよ」

一般的に、不妊と言えば女性の側に問題があると思われがちだ。なるほど小柄で線の細い泉美に、胎児を宿した姿を重ねてイメージするのは難しい。一方、登山で鍛えてきた一輝の体からは普段、精力の強さが十分に感じられていた。

そんな先入観にとらわれて、いままで一輝の健康状態を疑ったことなどなかった。

息子が部屋から出て行ったあと、しばらく秋穂は椅子に体を預けたまま、じっとしていた。

ハンドバッグから手帳を取り出したのは、十四、五分もそうしてからだった。

十一月三十日――今日の暦が載った頁を開いた。

マスのなかに丸を描き、内部を黒く塗り潰していく。

いくら黒くしても、手の動きは止まらなかった。黒い色は最初に描いた丸の線からはみ出し、一回りも二回りも大きくなっていく。

それがページ全体をも覆うほどになるまで、手を止めることができなかった。

7

紙コップの烏龍茶に口をつけながら、会議用テーブルの中央に座った理花を見やった。

本当に飾り気のない女だ。いまは自分が主役だというのに、それでも耳たぶが両方とも裸のままとは……。

終業のあと、農水産食品部のフロアで開かれた簡単な送別会は、もう終わりの時間にさしかかっていた。

派手嫌いの理花だから、料亭やレストランでの開催を拒んだのも頷ける。とはいえ、もうちょっとましな会場があったのではないか。

そのうち、幹事役の一輝と泉美がそろって立ち上がり、フロアから姿を消した。おそらく車の手配をしに行ったのだろう。理花はこのあと、すぐに父親の元へ向かう予定になっている。

二人が消えたいまのうちにと、秋穂は理花にプレゼントを渡した。それは丸壱商事が販売するシードレス枇杷だった。

場が、わずかに凍りついた。表情を固くした社員たちを横目に、秋穂は理花の耳に口を寄せ、囁《ささや》いた。

「礼を言わせて。一輝に代わって」

理花の真意が分かったのは、先月の末だった。

異動のため三階へ引っ越したあの夕方、手帳に大きな黒星を描いた。それが果物の種に見えたとき、ようやく思い至った。

理花は、部下であり義理の息子でもある一人の男を、できるだけ守ってやろうとしたのだ。

彼女は気づいていた。部内で常磐中央ファームの話題が出れば、それに必ずと言っていいほど付随して語られるもう一つの言葉があったことに。そして、その言葉に心を痛めるに違いない人物がいたことにも。

「種無し」。その一言をこそ、理花は禁句にしたかったのではないか。

まともな部下だったら、上司が気にしているであろう言葉を、その上司がいる場所ではけして喋らない。

そんな現象を利用して、理花は「言葉の番人」になろうと考えた。

パーテーションで仕切られた場所にいる部長では、その役目が務まらない。番人になれるのは、社員たちと同じオープンスペースにいる次長しかいなかった……。

全員で理花を見送る段になったとき、秋穂は大声で言った。

「みんなは窓から手を振って。次長はわたしが送っていくから」

ブーイングを浴びながら、理花と二人だけで廊下に出た。

立ち止まったのは、二階から一階に降りる階段の踊り場にさしかかったときだった。

「悪いけど、ここから玄関までは一人で行ってね」

理花の眉毛が少し中央に寄った。「どうして」

「大袈裟に別れたくないから」

「じゃあ、暇なとき、うちに寄ってくれる？」

「すぐにでも」

寄せていた眉毛を引き離し、小さな笑顔を残して理花が去ったあと、秋穂は手帳を取り出した。

今年一年の暦もまた、黒と白の丸印でほとんど埋まっていた。

自宅に帰れば、これがあと二十冊ばかり溜まっている。けっこうな記録だ。まとめて捨てるのは、少しもったいない。

秋穂はとりあえず一頁だけを引き千切り、丁寧に握りつぶしてから、踊り場の屑籠に放り込んだ。

準備室

1

四〇一会議室へ向かう途中、軽い腹痛を覚えた。

茂木忠太《もぎちゅうた》は、会議室の前を素通りし、トイレに向かった。

一つだけの個室は扉が閉まっていた。だが、スライド式の錠は青の表示になっている。使用中なら赤のはずだが。誰かが入ってはいるものの、鍵はかけずに自分でドアを押さえている、ということだろうか。

ノックをするのもためらわれたので、階段を駆け上がり、五階のトイレを使った。

四階に戻り、四〇一会議室のドアを開けると、原谷長一郎《はらやちょういちろう》がスライド映写機の準備をしているところだった。

原谷は映写機の電源ケーブルから、それを束ねるのに使われていた輪ゴムを一本抜き取って言った。「モッチ、手首を出して」

「は？」

「手首だよ。右でも左でもいいから、どっちか出してみ」

言われたとおりにすると、原谷が輪ゴムを嵌《は》めてきた。

「何のまじないだよ、ハッチ」

原谷はゴムを引っ張った。「待てよ」をこちらが発する前に彼は指を離した。

それほど痛くはなかったが、非難の意味で大仰に顔を作り、上目遣《づか》いに睨《にら》んでやった。

「前に本で読んだ。こうやって手首に巻いた輪ゴムをパチンとはじくと、リラックスできるんだってさ」

涼しい顔でさらりと言い、原谷は屈託のない笑いを見せた。子供の頃からの付き合いだから、彼の前で内心を隠すのは難しい。中学生相手の説明会を前にし、やや緊張していることは簡単に見抜かれていたようだ。

原谷は病気で一年間休職したため、今春からこちらが彼より一つ上の役職になったが、お互い、いまでも、呼び合うときは姓と名の頭をくっつけ、「モッチ」、「ハッチ」だ。役場に入って以来、それは変わっていない。主査と主任――役職は違うが、役場に入った時期は一緒で、互いの娘同様に仲がいい。

「まだ少し時間があるから、一回練習してみるかい」

原谷は映写機の方へ顔を戻した。

茂木は腕時計を見た。迫居《さこい》中学校三年一組の生徒三十人は、いまごろはまだ階下の商工課で企業誘致政策の説明を受けているはずだ。彼らがここへ来るまで、あと十分ほど時間がある。

「そうだな」

茂木は掛け軸スクリーンを下ろした。外は曇り空だ。遮光カーテンは本番のときにだけ引けばいいだろう。

原谷がスライド映写機の電源を入れ、最初の一枚をスクリーンに投影した。映し出されたのは二階建ての白い建物だった。

空咳《からせき》を二、三度して頭の中にざっと準備してきた言葉を手繰り寄せた。「こんにちは、健康福祉課の茂木と申します。今日はみなさんに、ご覧の村立健康増進センターを簡単にご紹介したいと思います」

原谷が映写機を操作し、スクリーンに映っていたものが、建物の外観から内部に変わった。

「この建物はその名のとおり、村民の健康増進の拠点となる施設です。内部には、温水プール、ダンススタジオ、筋力トレーニング室などの施設がありまして、専門のインストラクターの指導のもと、エアロビクス体操、水中運動、サーキットトレーニング、骨盤矯正ヨガなどのプログラムが組まれています」

原谷が手元のスイッチを押すと、また画像が変わった。今度は建物内部にあるホールが映し出される。

「みなさん、毎年の迫居村一揆《いっき》祭りを楽しみにしていると思いますが、今年は、この建物のホールを使って子供会が太鼓の演奏を披露することになっています」

「ぼくたちの娘も出ますから、どうぞお揃いで見に来てください」横から口を挟み、原谷が指先で太鼓のリズムで机を叩いてみせた。「どんな具合？　美也乃《みやの》ちゃんの練習は」

「頑張ってはいるけど、物覚えがいまひとつでね。悪いところが親父に似たよ」

一通り説明の練習を終えた。思ったよりうまく話すことができたのは、これのおかげかもしれない。そう思いながら、今度は自分でそっと手首の輪ゴムを一はじきした。

原谷は書類をめくり始めた。今日参加する中学生の名簿らしい。

「これ、あの人の息子かな」

「あの人って？」茂木は原谷の横へ行き、書類を覗き込んだ。

「桐宇《きりう》さんだよ」

なるほど名簿には「桐宇由智《よしとも》」の名前がある。

桐宇――彼の息子が来るとは奇遇だった。一か月後には原谷と一緒に県庁の保健福祉部に出向する予定になっている。同部の総務課で上司になるのが桐宇だ。

原谷は名簿に落とした目を細めた。「この子……前に川で溺《おぼ》れたんだよな」

たしかに昨年の初夏、そんな事故があった。同級生から川に突き落とされたとも噂で聞いていた。どうやら由智は学校でいじめを受けているらしい。

「それにしても、ないはずだよな、こんな村役場に」

「何が」

「道草なんか食える場所が」

　予定の時間になっても、中学生たちは姿を見せなかった。

　原谷を残して階下へ行ってみると、商工課の会議室前で、引率の教諭が困惑していた。訊《き》けば、生徒が一人、いつの間にかいなくなったという。

　件《くだん》の生徒は、桐宇の息子だった。

　心配しているのは教師ぐらいで、ほかの生徒たちは笑い合っている。その様子を見て、溺れた原因も、噂どおりなのだろうと思いながら、ふと気づくところがあり、茂木は四階に戻った。

　向かった先はトイレだった。例の個室。相変わらずドアはしまっているがスライド錠の表示は青のままだ。

　そっとノックをしてみたが、返事がなかった。

　手首に嵌めていた輪ゴムを引っ張り、皮膚に打ち付けてからドアを押してみた。片手で軽く押しただけでは開かなかったため、肘《ひじ》の側面をドアに当て、体重をかけて押してみる。

　ドアの内側には洋服をかけておくフックがある。そこに、何か重いものが吊り下がっているようだった。

もっと体重をかけ、個室内に体を滑り込ませた。

直後、茂木は自分の手で口元を強く覆《おお》った。

吊り下がっていたものは砂袋ではなく、少年の体だった。フックと頸部《けいぶ》を白いタオルで結んでいる。薄く開いた唇から垂れた唾液《だえき》が、胸のネームプレートに書かれた【桐宇由智】の文字を濡らしていた。

2

「だから、そこはテテンカテテテンだって。いまのリズムじゃあテカテンテカテンだろ」

茂木は腰を屈め、美也乃の耳元で唾《つば》を飛ばした。

「すみません」

手首で額の汗を拭いたあと、美也乃はすぐにまた撥《ばち》を振り上げた。

一揆祭りは来週の土曜日に迫っていた。練習できる日は、今日を入れてあと七日しかない。

昔この村で暮らした農民が、重い年貢に苦しんでいたことも、負担に耐えかね領主相手に暴動を起こしたことも、いまの小学生にとっては、まったくの他人事《ひとごと》でしかないはずだ。ましてや二百年以上も前の出来事とあっては、それを記念した祭りをやるから太鼓を叩いてくれと持ちかけたところで、そっぽを向かれるのがおちだろう。

そんな懸念とは裏腹に、美也乃が不平の一つも漏らさず、ここまでしっかりと練習を続けてきた背景には、原谷千鶴《ちづる》の存在があった。千鶴が子供太鼓に参加すると決めてくれなかったら、どうなっていたか分からない。

「もう一回。今度は八ビート、十六ビート、三つ打ちの練習な。しっかり撥を握れ。テレビで放送されるんだぞ。恥をかきたくなかったら、リズムを崩すなよ」

いま娘が向き合っている締太鼓《しめだいこ》は本物のそれではなかった。古タイヤにウレタンマットを張った練習用だ。こもった音。耳に入れればストレスが溜まるが、土曜の朝に隣近所の眠りを妨げるわけにもいかない。

――チーチャン……。ミーチャン……。

窓際の鳥籠《とりかご》でセキセイインコの蘭丸《らんまる》が喋《しゃべ》った。学校が終わると、美也乃と千鶴はこの居間でよく一緒に遊んでいるから、互いが口にする呼称をすっかり覚えてしまったらしい。

小学五年の女子同士、笑いながら励まし合う絵を頭に思い描きつつ、茂木は、しかし口からは相変わらずの怒声を発した。

「だから、ただ叩くだけじゃ駄目だって。ここは野っぱら、ここは崖っぷち、ここは奔流、――太鼓には場面と感情があるって言ったろ。ちゃんと表現しろ」

真面目に取り組んでいるとはいえ、美也乃の演奏にはまだ未完成の部分が少なくない。指導にはどうしても熱が入る。

美也乃が「奔流」のくだりを叩き始めると、蘭丸がまた何か喋った。美也乃が一年前から居間で飼っているこの雄《おす》インコは、飼い主の刻むリズムを耳にすると、よりいっそう口が滑らかになるようだ。

「ほら、肩が曲がってる。何べんも言わせないっ。太鼓の基本は姿勢っ。頭はもっと前っ」

美也乃のこめかみに両手を添え、真っ直ぐ太鼓に向かわせた。

「よし、次は僉議《せんぎ》の場面の打ち方を教えるからな」

「せんぎって何ですか」

「相談することだ」

「一揆の前に、農民たちが車座になって、これからやるぞって打ち合わせをする。そういうシーンですね」

「そう。ここの打ち方は、テン、カッ、カッ、カッ、テン、カッ、カッ、カッだからな。一人ずつ指先を切って、連判状に血判を押していく。そういう場面をしっかり頭に描いて打てよ。——連判状ってのは、学校で教えてもらったろ？」

「はい。一揆のときは、傘連判といって、誰がリーダーか分からないように、円の形に名前を書いたと習いました」

娘の頭を撫でてやろうとしたとき電話が鳴った。

《今日は忙しいか》

挨拶《あいさつ》なし。抑揚《よくよう》のない口調。名乗らなくても桐宇だと分かった。

一か月前に見たトイレの光景がよみがえる。迫居村役場の四階トイレで首を吊った彼の息子は、いまも意識不明のまま病院のベッドにいる。

「いいえ、別に」

答えたあと、内心で舌打ちした。娘に太鼓を教える予定だと強く主張できなかった自分が腹立たしい。

ミーチャン、チーチャン。蘭丸がまた喋った。鳥籠の中を睨《にら》みつけ、静かにしろの意を伝えようとしたが、インコはあさっての方向へ顔を向けたままだ。

《だったら出て来い。ちょっと手を貸せ》

3

顔の正面から風を浴び続けたかのようだ。それほど眼球が乾いている。指先には軽く痺《しび》れの感覚があるし、肩こりも酷《ひど》い。ずっとパソコンの画面を見続けていると、たいていこうなる。

硬くなった首筋を指先で揉《も》みながら、茂木はパソコンの画面に顔を戻した。

表の中には細かい数字がびっしりと並んでいる。担調2号――「高齢者受療時費用負担調査第2号様式」。簡単に言ってしまえば、六十五歳以上の患者が一回の診療で払う金額の全国平均をまとめたものだ。

これが、十種類担当した資料のうち、最後の一つだった。

足がテーブルにぶつかり、ボールペンが一本、下に落ちた。

拾おうと身を屈《かが》めながら、

――机を変えてくれよ。

胸の裡《うち》で毒づいた。この部屋にあった長机はすべて、先に仕事をはじめた同じ保健福祉部の医務課に占領されてしまったため、後から加わった総務課の分がなくなってしまった。そこで庁舎にテナントとして入っている飲食店から非公式にテーブルを借りることになったのだが、あいにくと四角形のそれに空きはなかった。遊んでいたのは丸テーブルだけだったのだ。

この形、食事をする分にはいいのだろうが、書類を扱うには全くと言っていいほど向いていない。ちょっと油断すれば、すぐに物を落としてしまう。

医務課との打ち合わせを頻繁《ひんぱん》にする必要さえなかったら、総務課の自席で仕事ができたものを、と恨めしい。

もっとも、こんな不便に耐えるのは、あと数十分でおしまいだ。医務課の仕事はまだ残っているため、この条例案作成準備室は明日以降も存続するが、我々総務課は今日で担当の仕事を終え、ここを離れる予定だ。

落としたペンを拾い、茂木は同じテーブルについている原谷に訊いた。

「そっちはできたの?」

原谷は資料を渡してよこした。「医療経済動向調査」、「病院建設統計調査」など、こちらも十種類の統計調査資料がまとまったファイルだ。紙の枚数でいえば全部で五十枚ほどだが、どれもA3の紙だから大部と言っていい。

見た目や物腰こそ鈍重《どんじゅう》な原谷だが、仕事だけはきっちりこなす。中身に間違いはないだろう。

もちろん、自分が担当した十種類の資料も完璧な出来だ。条例案は一週間後に審議局での予備審査に付されるが、ここまでしっかりした資料に支えられているならば、あのうるさい連中に文句をつけられることもないはずだ。

「千鶴ちゃんの練習は進んでる?」

「まかせてって。親父《おやじ》ゆずりの荒太鼓《あらだいこ》を仕込んでおいたから」

原谷も娘の指導に余念がないようだ。祭りの本番は明後日《あさって》だ。今日は早く帰って美也乃にもう一稽古つけてやるか……。

そんなことを考えながら、茂木はデータの印刷に取り掛かった。ところがパソコンから指示を出しても、プリンターがいっこうに動かなかった。

近くに行って調べてみると、何のことはない、電源が入っていないだけだった。

――いちいち消すなって。

県庁連中の倹約家ぶりを内心でぼやきながら、茂木はボタンを押した。プリンターなど、村役場では点《つ》けっぱなしが当たり前だ。電気料よりもスイッチを入れる労力と時間の方が惜しい。

プリンターがようやく最後の一枚を吐き出した。

刷り上がった用紙の束を手に、自分の席へ戻り、椅子《いす》に座ろうとしたとき、部屋のドアが開いた。入ってきたのは、総務課の課長補佐、桐宇利成《としなり》だった。

始終見開かれた巨大な目に、小さく尖《とが》ったような唇。誰もが梟《ふくろう》を連想するだろう桐宇の顔が、丸テーブルの一角についた。

立ち上がるか、座ったままでいるか。口を開く前に茂木は迷ったが、結局、椅子から腰を浮かすことにした。原谷も立ち上がった。

「Bランク資料、予定通り上がりました」書類の束を差し出した。

「病院の待合室ではよく、高齢者が集まって井戸端会議をしているな」

書類には目もくれず、桐宇はふいに言葉を投げつけてきた。その意味を量りかねたせいで、ええと応じた声の調子がわずかに狂った。

「だが、たまに、いつも来ている人の姿が見えない場合もある」

「そうですね」

「そんなとき、待合室にいる連中が口にするのは、どんな台詞《せりふ》だ」

「は?」

「知らないのか? 言い古された笑い話だぞ」

睨みつけるように見上げてきた桐宇の視線に、思わず上体を引いていた。「さあ。ちょっと、分かりません」

「そっちは」

桐宇の目が、今度は原谷に移動した。団子顔《だんごがお》が申し訳なさそうに歪《ゆが》み、こちらと同じ答えを繰り返した。

「『あの人、病気かねえ』だよ。村にはジョークの一つも入ってこないか。気の毒だな、カッペは」

茂木は唇を軽く噛《か》んだ。今日も始まった、桐宇の出向いびりが――。

聞くところによれば、桐宇は、かつて国の省庁に派遣されたらしい。そのとき、田舎者としてさんざん侮蔑《ぶべつ》されたという。その恨みを、今度はこちらにぶつけてきているわけだ。三年生からしごかれている二年生が、腹いせに一年生をしごく。中学校の運動部と何ら変わりのない低次元の悪意と言ってしまえばそれまでだが、やられる方にしてみればたまったものではない。

「どこも悪くないのに病院へやって来るというのは、笑い話の中に限ったことじゃない。友達の付き合いついでに診《み》てもらおう。お気に入りの医者と世間話がしたい。その程度の目的で足を運ぶ高齢者も実際にはいる。統計の数字を鵜呑《うの》みにしない。可能なかぎり実態が反映されるような分析を加える。それが県庁職員のやり方だ。どれ、村の山猿にそれができたか。いちおう見てやる」

桐宇が書類の束をパラパラとめくり始めると同時に、円卓の上で電話が鳴った。受話器に手を伸ばしたが、それを摑んだのは桐宇の方が先だった。

「はい……。はい……。いいよ……。はい、こちらこそよろしく。お父さんと話をする？」

思ったとおり、美也乃からのようだ。茂木は桐宇から受話器を受け取った。

《課長補佐にお願いしておきました》

美也乃の言葉に、茂木はそっけなく、うんと応じた。だが、内心ではガッツポーズの拳《こぶし》を握っていた。でかした。上出来だ。

親にすら敬語で話すよう美也乃を教育してきたのは、桐宇のような人間から侮辱《ぶじょく》されないように、との目的からだった。大事な約束がある場合は事前に相手へ確認の電話を入れる。そうした大人の習慣を身につけさせたのも、同じ狙いからだ。

そう、明日は美也乃と我々大人たちの間に大事な約束がある。

この県庁でも、夏休み中に「子供参観日」を実施していた。県庁で働く職員の子供が、職場見学に訪れるのだ。知事から簡単な説明を受けたあと、庁舎内のあちらこちらを回り、最後に自分の親が仕事に取り組んでいるところを見学し、記念撮影をしてから帰っていくという段取りになっている。

だから明日の午後になれば、村から電車とバスを乗り継ぎ、父親の出勤ルートをなぞるようにして、美也乃と千鶴もこの庁舎へやってくる。

受話器を耳に当てたまま、ちらりと桐宇の様子を窺《うかが》い、茂木はもう一度、胸中でガッツポーズを決めた。

こっちはよくできた娘を持っている。対して桐宇の息子は例のとおりだ。この状況を「勝負」と捉え、自分の立場を「勝ち」と表現したら、人の道に外れるのだろう。それは分かっているが、優越感を覚えるなというのも無理な話だった。

《ではお父さん、明日よろしくお願いしますね》

との美也乃の言葉に、

――チヅチャン、ミヤ……。

蘭丸の声がかすかに混じったのを聞きながら、「気をつけて来いよ」と応じ、原谷の方にも目配せをした。

受話器を戻したとき、書類をめくる桐宇の手がぴたりと止まっていることに気づいた。

「どうかしましたか」

「どこにある」

「何がです」

「介給《かいきゅう》の実調《じっちょう》3号だ」

「……と言いますと?」

「ないんだよ。早く出せ」

介給の実調3号――「介護給付費実態調査3号様式」のことか。桐宇はそれも出せと言っている。だが、おかしい。今回担当した資料の中に、そんなものは含まれていなかったはずだ。

「ちょっと待ってください」

茂木は提出資料の一覧リストを手にした。この仕事をはじめる際に、医務課から渡されたものだ。

リストはA4の紙たった一枚だった。そこには、『保健福祉部総務課担当Bランク資料』のタイトルに続き、

【医療経済動向調査(全様式)】

【病院建設統計調査(4号様式)】

【保健福祉施設稼働率調査(1号様式)】

といったように、条例案を作るうえで必要な資料が上からずらりと、ちょうど二十種類記載されている。

しかし、その中には何度調べても介給実調3号など含まれてはいない。

ふと気づくところがあり、茂木は手にしていた用紙を裏返しにした。

【介護給付費実態調査（3号様式）】

思ったとおり、上の方に一行、しっかりとそう書いてあった。

見逃していた。倹約家ぞろいの県庁連中。村役場の常識なら二枚の紙にわたって印字するところを、彼らは一枚で済ませたのだ。

実調3号はやっかいな資料だ。各市町村からデータを出してもらう必要があるし、それらを取りまとめて分析するには最低でも二日はかかる。

すみません、忘れていました。そう正直に言うか。いや、こっちは村の威信を背負って出てきているのだ。無様《ぶざま》な失態をさらすわけにはいかない。まして桐宇のような人間からこれ以上馬鹿にされるわけには――。

「どうした」

桐宇が書類に目をやったまま、催促《さいそく》の手を伸ばしてよこした。

「すみません。どうやら課に置いてきてしまったようです。すぐに取って来ますので」

茂木は準備室を飛び出した。十階から五階を目指して階段を駆け下りる。

「終わったんですか、準備室の方は」

総務課の自席に戻ると青野が訊いてきた。自分と原谷の間に座る三十歳の主任だ。

「いや、もうちょいかかりそうですね」

そう答えた際、内心の動揺を外に出さないよう十分に注意を払ったつもりだった。

だが青野は探るような目つきをし、口元を微《かす》かに吊り上げた。まだ幼さの残る顔に冷たいものが薄っすらと漂う。他人のミスを敏感に察知する能力に長《た》けている者が、この県庁には驚くほど多い。

茂木は机の抽斗《ひきだし》をかき回した。

あった。青いCD。

急いでパソコンに突っ込む。

ドライブがディスクの中身を読み取る速度はいつもと変わらないはずだが、いまは普段の倍以上の長さにも感じられる。靴の中で足の指を丸めながら茂木は、画面が開くのを待った。

4

午後も二時を過ぎ、東の空に見える雲にはいくらか厚みが増してきた。

茶を口に含むと、それを合図にしたかのように、「雇用促進」だの「賃金デフレ」だのという言葉が耳に飛び込んできた。この蒸し暑さをものともせず、庁舎の前で、労働者の団体が今日もデモ行進を始めたらしい。

ここは五階だから、いままでいた十階に比べると、外の物音がよく聞こえる。その音を破ったのは桐宇の手招きだった。

「茂木、原谷、来い」

席を立った。青野を挟んだ島《シマ》の末席から原谷も重そうに体を運んでくると、桐宇は面倒くさそうな口調で言った。

「いまから準備室で資料の精査をする。お前らも手伝え」

「どの資料でしょうか」

「一つ残らずだ」

「Bランクも調べるんですか」一語発するたびに不安が疼《うず》くのを覚えた。

「おまえたちが作った資料は、全部おれが洗う」

そう言い置き、さっさと課の部屋から出てしまった桐宇を追って、原谷と共に廊下へ出た。もつれそうになる足を進め、準備室へ移動する。

桐宇の言った「精査」とはつまり、資料に記載された表の値を電卓で検算していくことだった。

パソコンで出した数値を、どうして電卓で計算し直さなければならないのか。まるで分からなかったが、桐宇は「とにかくやれ」の一点張りだ。

丸テーブルに載せたそれらの分量は山とあった。これでは徹夜か、そうでなくても午前様にはなるだろう。

命じられた仕事に没頭しているうちに、もう四時に近い時刻になっていた。

丸テーブルの右隣では、同じく資料の山を前にした桐宇が、速いペースで紙をめくっている。

自分の額が脂汗《あぶらあせ》で嫌な艶を放っている様は容易に想像できたが、それを拭《ぬぐ》う気持ちの余裕はなかった。

やはり気づかれていた。もし桐宇がデータを精査すれば、実調3号の中身が出鱈目《でたらめ》であることなど、すぐにバレる。

青いCD。昨日、二日かかるはずの実調3号が、たったの二十分で出来あがったのは、あれがあったからだ。

ディスクの中には、以前別の条例案で作った古いデータが入っていた。桐宇に提出した資料は、それをいじくって捏造《ねつぞう》したものだ。いい加減な数字を思いつくままに入れただけだから、二十分でも時間を食った方かもしれない。

本来なら、それでもよかったはずなのだ。

医務課が審議局に条例案を持っていくのは一週間後だ。それまでのあいだ、あの資料は部内で決裁を受ける。もちろん自分のところにも回ってくる。

ならば、いったんダミーを出しておき、それが部内を巡り巡っているあいだに、正しい資料を作っておけばいい。そして自分のところへ回ってきたときに差し替えてしまえば済むことだ。

どうせ細かい数字など上の連中は見ない。たとえ見たとしても、それが出鱈目だと気づくはずもない。桐宇ならば一発で見破るだろうが、彼は明後日の土曜日から、しばらく他県へ出張だ。明日一日さえバレなければ、もう問題はない。

そう考えていた。

しかし、普段はやらないチェックを、桐宇はやると言い出した。それはもちろん、田舎者の不手際を散々罵倒《ばとう》してやれ、との思惑があってのことだろう。

実調3号はどこだと問われ、一瞬慌ててしまったのがいけなかった。あの素振りで、仕事に穴があることを見抜かれてしまったのだ。

茂木は桐宇の手元に目をやった。問題の実調3号は、残る二十種類のBランク資料と一緒に、A3判のファイルに綴《と》じられた状態で彼の前にあった。

二十一種類のBランク資料には各々インデックスがついている。だから実調3号がファイルのどのあたりにあるのか、その位置は知ることができた。したがって桐宇が調べていく速さから、彼の指がそこへ到達するまでの残り時間を、だいたい割り出すこともまた可能だった。

実調3号は二十一種類の最後、つまりファイルの一番底にある。対して桐宇の指はいま、十五番目あたりの資料を繰っているところだ。彼のペースなら、あと二十分もすれば到達してしまうだろう……。

出入口のドアが静かに開いた。顔をのぞかせたのは青野だった。彼の背後には、二人の少女がくっついていた。美也乃と千鶴だ。

職場見学――。そんなことなど、すっかり頭から抜け落ちていた。

同時に悟った。桐宇の目論見《もくろみ》だ。ただおれを罵倒するだけではない。子供の前でそれをやるつもりなのだ。美也乃の前で詰《なじ》り倒し、「勝負」に逆転勝利する肚《はら》なのだ――。

室内の雰囲気に圧倒されたか、娘たち二人は、かなり緊張した面持《おもも》ちでいる。原谷が彼女たちの方へ小さく手を振った。

おずおずといった様子で部屋の中に入ってくると、二人の少女は、申し合わせたように同じタイミングで頭を下げた。

「よろしくお願いします」

医務課の何人かは、その声で初めて彼女たちの存在に気づいたようだった。いくつかの顔がこちらを振り向く。そのうちの一人が、子供に遠慮してか、持っていた煙草を慌てた様子で揉み消した。

室内には誰も使っていないパイプ椅子とスツールが一脚ずつあった。その二脚を、こちらのすぐ横に青野が並べ、早く座って、と促《うなが》した。

だが二人は、すぐには座らなかった。誰がどちらの椅子を使うか、ちょっとした相談をはじめている。結局、美也乃がパイプ椅子に、千鶴がスツールに腰掛けた。

青野が壁際に退場すると、茂木は早口で説明し始めた。

「お父さんたちはね、いま条例を作ってる。どんな条例かっていうと、ほら、きみたちのような子供でも、お医者さんに診てもらったら、それなりのお金がかかるだろ。その金額を少しでも安くしましょうという内容なんだよ」

「ですけど」千鶴が、ちらりと美也乃の方を見てから口を開いた。「条例って、もっと偉い人たちが作るんじゃないんですか」

的を射た質問だった。

「そう。たしかに建前では県会議員が作ることになっている。だけど、実際のところは役所の人がやってるんだ。もちろん議員が自分で挑戦する場合も、たまにはあるけどね。――少子化って言葉を知ってるかい」

「はい」

「それが、この法律を作らなくちゃならない理由だよ。子供にかかるお金を安くすれば、少子化問題も少しは解決されるはずだろ」

「どうやって安くするんですか」

これも千鶴だ。

一方の美也乃は、顔を前に向け、忙《せわ》しなく瞳を動かしている。まるで何かを探っているようだ。

「それはやっぱり税金を使うしかないね。各地の病院に県の予算から補助を多めに出すようにするんだ」

茂木は役所が予算を支出する際の手続きについて簡単に説明した。その言葉を、千鶴は熱心にメモしていく。一方、美也乃の方は相変わらず、ひたすら室内を眺め回しているだけだ。

「お父さんたちが、家に帰ってこない日があっただろ。あれはね、ここに泊まりながら仕事をしていたからだよ。条例ってものは、いろんなところに影響を及ぼすから、一行作るだけでもこういう大騒ぎになるんだ。ほかの部署ともいろいろ相談しなくちゃいけないしね」

「どんなぶし——」

千鶴がそこまで口にしたときだった。彼女の台詞を上から塗りつぶすように、

「誰ですか、あの人たち」

美也乃が発言した。

前に伸ばされた美也乃の指は、長机の方をさしている。小学生の目からすれば、この部屋にいる大人たちはみんな同じに見えるはずだが、そう訊いてきたところを見ると、父親が使っている丸テーブルとの違いが、つまり待遇の差が気になったのかもしれない。

「医務課といって、病院とかお医者さんに関係する仕事をしている人たちだ。いま作っているのは医療についての条例だから、中心になって仕事をしているのは、あのおじさんたちってわけだ。お父さんは総務課といって、ここでの役割は縁の下の力持ちってところかな」

茂木はもう一度、桐宇の手元に目をやった。まだ二十分近い余裕があるはずだったが、桐宇の指先はいつの間にか、あと数枚めくれば実調3号というところまで来ていた。

「どんな部署と相談するんですか」

千鶴が、さっき美也乃から遮《さえぎ》られた質問を、今度は最後まで口にした。

「いまも言ったけど、今回の条例は県の金庫からお金を出しますよっていう内容だよね。だから、そういう場合は、保健福祉部だけが勝手に決めるわけにはいかないんだ。金庫の番をしているのは財政部だから、そっちとも……」

桐宇の手元に目を奪われ続けた状態で、ただ口だけを動かし質問に答えていると、ついに実調3号が一番上に来た。

速いスピードでばさばさと紙をめくっていた桐宇の指先が、ぴたりと止まった。出鱈目な数字で埋め尽くされた表の上に鋭い視線が注がれる。

息苦しくなり、茂木はネクタイを緩《ゆる》めた。

おい、と詰問《きつもん》してくる桐宇の声を、はっきりと聞いたように思った。

――このいい加減な数字はどういうわけだ。説明しろ。

桐宇に駆け寄ろうとしてか、それともこの部屋から逃げ出そうとしてか、自分でも何をしたいのかよく分からないまま、茂木は立ち上がろうとした。

膝《ひざ》に力が入らなかった。気づかないうちに、怯《おび》えが足をすくませていたようだ。

観念し、目をつぶった。

ところが、桐宇は声を上げなかった。

見ると、彼の前には、いつの間にか別の資料が積み上げられていた。実調3号を含むファイルは、点検済みの山の方へ、とっくに押しやられている。

見逃したのだ。

「ここでの仕事はほんとに大変なんだ。条文の案だけを作ればいいってもんじゃないんだよ。その他に、概要やら要綱やら、新旧対照表なんかも準備しなきゃいけない。条例が成立したあとの県内の社会情勢をシミュレートした資料だって何種類も必要だ。それをどうやって作るかっていうとね――」

「あの、そろそろここを出る時間です」

そばで控えていた青野の言葉を受け、ようやく口を閉じた。安堵《あんど》からつい饒舌《じょうぜつ》になり、専門的な事柄までべらべらと説明してしまっていた。それまで真面目にメモをとっていた千鶴もさすがに困惑した顔をしている。

「じゃあ、そろそろ写真を撮ろうか」

青野に促され、少女たちは立ち上がった。

こちらも原谷と一緒に廊下へ出た。部屋の前に掲げた「条例案準備室」の看板が写り込むように親子で記念撮影をした。デジカメのモニターで確認した美也乃の笑みは眩《まぶ》しいほどに見えた。

娘たちを見送り室内へ戻った。席に着き、軽く目蓋《まぶた》を閉じながら、凝《こ》った首筋をゆっくりと揉んでいると、すぐ近くでどさりと音がした。首は天井を見上げる角度を保ったままにし、薄く目を開けたところ、机の上には書類の束が放り出されてあった。

「介給実調3号」――書類の右肩にそう印字されているのを目にしたとき、首筋の凝りは吹き飛んでいた。

「説明してもらおうか、こいつを」

慌てて姿勢を正し、声の方へ顔を向けた。そこにあった梟顔の中に見たものは、巨大な目でも尖《とが》った嘴《くちばし》でもなく、鉤《かぎ》状に曲がった鋭い爪《つめ》だった。

5

溜まった殻《から》を全て捨ててから、稗《ひえ》と粟《あわ》の混合餌を新しく足してやった。穀物の匂《にお》いは好きだが、鳥の餌となると、何か特別な加工がしてあるのだろうか、少しばかり鼻につく。

水容《い》れの中身も取り替えてやった。セキセイインコには水浴びの習慣がない、と何かの本に書いてあったが、蘭丸の場合は例外だった。

鳥の世話を一通り終えてから、茂木はテレビの画面へ目を戻した。どこぞの田舎の一揆祭りなど、無論全国へ向けて放映されるはずもないが、地元のケーブルテレビ局にとっては独自番組の枠を埋めるのに好都合のネタらしく、最初から最後までつぶさにその模様が中継されている。

健康増進センターのホールに設けられたステージ上からは、すでに大人の姿が消え、次に披露される「子供太鼓」へ向けての準備が始まっていた。

玄関のチャイムが鳴ったのは、画面の中に美也乃と千鶴の姿を探しているときだった。

やって来た原谷はランニング姿だった。額には祭りで使った鉢巻を締めたままだ。居間に招じ入れ、クーラーの風が最もよく当たる位置に座らせた。

「わざわざいいのに、見舞いなんて」

言いながら茂木は、用意していた麦茶と焼酎のうち、後者を冷蔵庫から出した。原谷が、アクセルではなくペダルを踏んで来たことは、庭にエンジンの音がしなかったことよりも、鼻の頭に浮いた汗の量がよく物語っている。

「だってモッチがいないと、県庁で村衆はぼくだけになっちゃうからね。心細くて」

「さっきテレビで見せてもらったぞ、ハッチ親父の荒人鼓」

「モッチの分も叩いてきてやったよ」

簡単な礼を述べ、背中に手を回した。昨日一日、仕事を休んで寝ていたため、腰の辺りがだいぶ凝っていた。

――誰か守衛を呼んでくれ。こんなところに山猿が迷い込みやがった。

美也乃たちが帰った後に桐宇から浴びせられた雑言《ぞうごん》の嵐が、いくら考えまいとしても、どうしても脳裏《のうり》によみがえり、そのたびに軽い吐き気に襲われる。パワーハラスメントによるうつなど他人事だと思っていたから、昨日の朝、ネクタイを締めたあと動悸のせいでしゃがみ込んでしまったときには、本当に驚いた。

いまも頭痛が治まらず、思うように体を動かせない。こんな形で祭りに参加できなくなるとは予想だにしていなかった。

「それにしても」原谷は手で頬を扇《あお》いだ。「分からないな、桐宇さんの考え」

罵倒するなら、どうして娘たちの前でしなかったのか。一昨日、桐宇が見せた不可解な動きが、原谷にとっても疑問のようだ。

茂木はテーブルに置いたグラスを自分の手に持ち、焼酎の瓶《びん》を原谷の方へ押しやった。

「注《つ》げよ」

「え？」

「聞こえたろ、原谷。おれに注げって言ってんだよ」

「……どうしたの、モッチ。急に」笑った原谷の頬は、しかし、細かくひくついている。

「主任が主査に酒ば注ぐのは当然だろ。それに何だって。モッチだ？　おまえ、なにタメ口きいてんの？」

頬の痙攣《けいれん》が止まらない原谷に、茂木はにっと笑ってみせた。

「びっくりしたろ」

原谷は天井を仰ぎ、疲れきったような息を吐き出した。「やめなって。性質《たち》が悪すぎるだろ」

「いまのはもちろん冗談だよ。ただし半分だけな」

「半分って、どういう意味さ」

原谷の問い掛けをいったん無視して、茂木は椅子から立ち上がった。テレビの前に行き、少しボリュームを上げる。

やがて子供太鼓の演奏が始まった。画面の中心に美也乃が映ったのを確認しながら、テレビから鳥籠へと視線を移した。

太鼓の音を耳にした蘭丸が落ち着きなく止まり木を左右に動き出し、喋り始めた。

——チヅル。ミヤノサン。チヅル。ミヤノサン……。

原谷がもう一度、表情を強張《こわば》らせた。

「冗談じゃなかったんだよ。おれたちじゃなく、娘たちにとっては」

美也乃と千鶴のあいだで呼称が変わっていた。彼女たちは知ったのだ。この春から父親の役職に差がついたことを。主査と主任。そんな違いなど、当の本人たちはまるで気にしていなかった。強く意識していたのは、その娘たちだった。

一つの光景が思い出される。パイプ椅子もスツールも、安物である点では同じだが、背凭《せもた》れがあるかないかでは違っている。ある方に座ったのは美也乃だった。

「そして桐宇さんも、これを」鳥籠を軽く指先で押した。「聞いたんだよ」

自分が知っている範囲では、この家と桐宇は、これまで二度ばかり電話でつながっている。先週の土曜日と今週の木曜日だ。蘭丸の喋りはその間に変化したのだろう。土曜日のインコは、少女たちの名前を同じ呼称で口にしていた。だが木曜日はどうだったか。あの電話を受けたこの耳に確かな記憶は残っていないが、おそらく現在のように、片方を呼び捨てにし、片方をさん付けにして、喋っていたに違いない。

桐宇はそれを聞きつけ、少女たちの関係が変化したことを悟った。

「だから、金曜日の午後も準備室だったんだ」

茂木はテーブルに戻り、原谷のグラスに焼酎を注いでからテレビの画面に目を戻した。

「昔、歴史の時間に習っただろ。農民たちが一揆を起こそうってとき、まず何をしたか」

しばらく考えたあと、合点した顔になった原谷は、「これか」と呟いて指先でテーブルを叩き始めた。

テン、カッ、カッ、カッ、テン、カッ、カッ、カッ……。

「そう。あの人がやったのも、それだと思う」

いじめに苦しんだ息子を持つ男は、少女たちに見せたくなかったのだ、上下関係が一目で分かる課内の机を。だから彼女たちが来るタイミングを狙い、敢《あ》えて円卓で仕事をさせた。だから書類の数字が出鱈目だと分かっても、少女たちが去るまで黙っていた。

「あそこでおれを怒鳴ったら、今度は千鶴ちゃんが優位に立っちまうからね」

「……桐宇さんは、ぼくら以上に、ぼくらの子供を知っていたのかな」

原谷の言葉に小さく頷いて傾けた焼酎は、なぜかひどく苦い味がした。

ハガニアの霧

1

いつの間にか、うたた寝をしていたようだ。

気がつくと4Bの鉛筆は庭の地面に転がっていた。眠りに落ちる直前まで描いていたタモンビーチの風景はもちろん未完成で、スケッチブックの上半分は真っ白なままだ。

甲野丈利《こうのたけとし》は大きく伸びをし、鉛筆を拾い上げようと身を屈《かが》めた。

その動きを途中で止めたのは、

「父さん、ちょっと」

息子の声がしたせいだった。物置小屋の方からだ。

顔を上げた。

息子は薄汚れた雑巾《ぞうきん》を手に、小屋の入り口に立っていた。その姿が、一瞬、現地のチャモロ人に見えた。それほどジョージの顔は埃《ほこり》や煤《すす》で黒ずんでいる。

「どうした？」

「値打ちものかも」

「……何にどんな値打ちがあるんだ？　ちゃんと分かるように言え」

「値打ちものかも。来て」

十九にもなって、簡単な会話の一つもできない。困ったやつだ。

甲野は頭をひと掻《か》きしてから、傾けたパラソルの下を抜け出した。刺すように強い熱帯の陽光に、Tシャツ一枚の身をさらすと、寝ているあいだに焼かれた腕がちりちりと痛む。

廃屋《はいおく》同然の母屋をやりすごし、その隣に建つ物置小屋へと小走りで逃げ込んだ。

「こっち」

ジョージは、やけに薄暗い小屋の奥へと入って行く。少しでも早く目が慣れるよう、交互にウインクをしながら、その瘦《や》せた背中を追いかけた。

物置小屋の広さは、バレーボールのコート一面分ほどもあるだろうか。ジョージが立ち止まったのは、ちょうどその真ん中あたりに来たときだった。

「これ」

ジョージは棚から四角形の板を取り出した。いや、板ではなくキャンバスだ。それは六号サイズの洋画だった。

厚くつもった埃を少しだけ払ってみる。次の瞬間、胸が勝手に一つ高鳴った。絵の右隅に「Merce《メルス》」というサインが入っているのを目にしたからだ。

「……もしかして、メルセデス・ドミンゴスか」

「ドミン……？　それ誰？」

画家の名前だ、と手短《てみじか》に教え、絵を窓の方へ持っていった。もう一度、今度は丹念に埃を払ってみる。

キャンバスの上に描かれているのは、薄霧の中に建つ白い聖堂だった。

その繊細な筆遣いに目を凝《こ》らしているうちに、いつの間にか息苦しさを覚え始めていた。

「『ハガニアの霧』だぞ、これは」

　思わず大声で独り言《ご》ちた。

　いまでこそ実業家の肩書で世間を渡っているが、二十代の半ばまでは画道を志していた身だ。この目がまだ錆《さ》びついていないなら、眼前の絵は、グアム島を描き続けた閨秀画家《けいしゅうがか》の手になる作品に間違いなかった。

「有名な絵？」横からジョージが覗き込んでくる。

「有名どころか伝説だ」

「どれぐらいの価値があるの」

「ゴーギャン並みだよ。いくらおまえでもその名前ぐらいは知ってるよな」

　ジョージの頷《うなず》き方はあやふやだった。もしかしたら知らないのかもしれない。

「ゴーギャンのように、ヨーロッパの窮屈さから逃れて南の島を目指した画家は、他にもいた。ドミンゴス女史もその一人だ。彼女が故郷のスペインを離れ、グアムにやって来たのは一八九六年だった」

「そんな説明はいいから。値段が知りたい」

「もちろん億単位だよ。日本円にすればな」

ジョージは冷《さ》めた目をした。いまの言葉が嘘だと思っているらしい。

「いいか、この絵の価値を簡単に教えてやるから我慢して聞け。――ドミンゴスはこのグアム島で、合計三十点の絵を描いた。だが、太平洋戦争のどさくさで、島のあちこちに散らばったまま、どれもこれも行方が分からなくなってしまった」

「それで」

「そこへドイツ人の収集家が来た。彼は、ドミンゴスの絵をすべて所有するという野望を持っていて、さっそく島中をかけずり回り、一つ一つ買い集めていった」

「でも、ここに一枚あるってことは……」

「そう、ドイツ人はまだ計画を達成していない。いや、もう永久にできない。二十八枚まで集めたところで病気になり、死んでしまったからな」

くしゃみが出た。考えてみれば、これほど埃っぽい場所なのに、マスクをしていない。鼻をかんだところ、ティッシュが真っ黒になっていた。

「そのドイツ人は死ぬ間際に遺言を残した。『ドミンゴスの絵を、わたしの棺桶《かんおけ》に入れて一緒に焼いてくれ』ってな」

「その話、どこかで聞いたことがある」

「ああ。何年か前に日本の実業家でゴッホとルノアールを買った人も同じことを言って話題になった。日本人の場合は、その発言を撤回《てっかい》したようだが、ドイツ人の方は頑固だった。結局、遺言は執行された。二十八枚の絵を入れるために、彼の棺桶は特大のサイズに作られたそうだ」

話に飽きてきたか、ジョージは欠伸《あくび》をした。

「絵画好きに言わせれば憤懣《ふんまん》やるかたなしの話だよ。だが、しかたがない。所有者が自分の物をどう処分しようが勝手だからな。こうして一枚を除いて、メルセデス・ドミンゴスの絵はこの世から永久に失われた」

「じゃあ、はっきりした」

「何がはっきりした？」

「その絵が値打ちものだってはっきりした」

「そうだ。三十あったものが二つだけになって、ドミンゴスの残された絵は希少価値を持ったってわけだ」

甲野はTシャツの襟をつまんで肌に空気を送り込んだ。もう体中が興奮の汗に濡れている。

「あともう一枚って、どんな絵?」

「タイトルは『ココスの黄昏《たそがれ》』というらしい。実際に見た人は少ない。題名のとおり、ココス島から見た落日の風景が描かれているんだろうと思う。海外へ持ち出された形跡はないから、このグアム島内のどこかにあることだけは確かだ。——おまえ、暇だったら捜してみたらどうだ」

そう言い置き、『ハガニアの霧』を持ったまま出口に向かって歩き始めると、ジョージが後ろからついてきた。

「それ、見つけたのはぼくだよね」

「だからどうした」

「ぼくの権利は?」

「いっぱしの口を利くな。じゃあ訊くが、この家の所有者は誰だ? おまえか」

ジョージの目が下を向いた。

魅力に乏しい息子だ。十九歳にしては筋肉の量が少なすぎる。埃で汚れていない部分の肌はやけに生白く、血の気が感じられない。日本人と白人のハーフにしては顔立ちに色気もない。

別れた妻の器量は決して悪くはなかったのだが、彼女の面影をとどめている部分といえば、男にしては長めの睫毛《まつげ》ぐらいだ。

日本には引きこもりという言葉がある。英語の辞書にも最近「HIKIKOMORI」が掲載されたことも知っている。だが、まさか自分の息子がそうなるとは思ってもみなかった。

一日中、自分の部屋に身をひそめ、ゲームとコミック、そしてインターネットだけを相手に過ごしている。唯一まともな人間らしい趣味といえば、日暮れに部屋の窓からぼんやり夕陽を眺めたりすることぐらいだろう。

「悔しいと思ったら、おまえもおれのようにひと財産を築いてみせろよ。もしそれができたら——」

廃屋の鍵をジョージの目の前にぶら下げてやった。持ち手の部分に彫られたハイビスカスのレリーフがけっこう洒落《しゃれ》ている。この物置小屋の鍵をも兼ねた、言ってみればマスターキーだ。

「おまけでこれをくれてやる」

いくら資産を持っていようが、息子に経済的な援助をするつもりはなかった。自分も親から突き放され、成功を収めてきた。彼にも同じように育ってほしい。

ジョージは何か言いたそうにしていたが、結局口をつぐんだまま、背中を丸め、雑巾をバケツで洗い始めた。

2

さした目薬はやけにぬるかった。

甲野は目尻をティッシュで拭き、老眼鏡をかけ直した。

時刻は午前十時を回ったところだ。社長室で机に向かってから、もう二時間にもなる。

老いたな、と思う。

目の前にある書類――KOUNO《コウノ》興産の傘下にある各企業からあがってきた業績報告書は、厚さにして約二センチ。この程度の分量だと、去年までなら、目を通して決裁《けっさい》するまで一時間とかからなかったはずなのだが……。

卓上インタフォンのランプが点《つ》いた。

《お電話が入っております》
その声を耳にし、ふと母国にいるかのような錯覚を覚えた。いつものことだ。秘書のダグが使う日本語はほぼネイティブ並みといっていい。
「誰から？」
《イタリア人の画商からです。お取り次ぎいたしましょうか？》
「ああ、そうしてくれるか」
相手が画商ならば、さほど電話に時間を取られはしない。どれほどの金額を提示されたところで、ひと言「ＮＯ」と断るだけでいい。
《初めまして、ミスター甲野。わたしはローマでギャラリーを経営している――》
「自己紹介は無用です。用件は分かっていますよ。『ハガニアの霧』でしょう？」
《ええ。ぜひお譲《ゆず》りいただきたいと思いまして。五百万ドルではいかがでしょうか》
「申し訳ありませんが、無理な相談です」
言いながら、甲野はキーボードを引き寄せた。パソコンを操作し、インターネットで今日の為替《かわせ》レートを調べてみたところ、一ドルは七十八円だった。
「あれはいくらお金を積まれても手離さないことにしていますので」

《では五十万ドル上乗せしましょう》
「たったいま言いましたように、あれは」
《分かりました、分かりましたよ。六百万》
分かっていない。甲野はデスクに肘《ひじ》をついた。
《六百二十五万ドル。これ以上は逆立ちしても無理です》
「ですから」
《六百三十万。もうわたしは破産です》
五億円を突破するまで、三十秒とかからなかった。
甲野は老眼鏡をずらし、西側の壁を見やった。そこに飾った六号サイズの絵画には、アメリカ本土から呼び寄せた専門家の手で念入りな洗浄修復が、すでに施《ほどこ》してある。一か月前の夕方まで埃にまみれていたのが嘘のようだ。
五億円。たしかにこの絵には、それだけの価値があるだろう。
描かれているのはハガニア大聖堂だ。グアムで最初に建設されたカトリック教会の建物は、自分につけられた値段になどいっさい関心がないというように、霧の中に落ち着き払った威容を浮かび上がらせている。

この絵を見るたびに、頬にかすかな湿り気を覚えた。キャンバスに描かれた霧を、実際に感じてしまうのだ。常夏《とこなつ》の島にいることを、ふと忘れさせてしまう力が、この絵にはあるようだ。

「もう一度はっきり言います。わたしの答えはノーです。昨日もオーストラリアの美術館から買い取りの申し出がありました。提示された金額は六百五十万ドルです。それでも断らせていただきました」

《六百六十――》

「申し訳ありませんね。アリヴェデルチ《さようなら》」

受話器を置いた。

『ハガニアの霧』を鑑定家の元に持ち込んだのは、物置小屋で発見した翌日のことだった。数日後に、本物であることがはっきりすると、その日のうちに「ドミンゴス発見さる」のニュースは美術界を駆け巡り、世界中の画商やコレクターから買い取りの申し出が殺到する事態となった。いまでも問い合わせの電話は一日に十件をくだらない。

業績報告書に目を戻した。

ふたたびインタフォンのランプが点いたのは、三十分ほど経ったころだった。

《お電話が入っております》流暢《りゅうちょう》な日本語で言ったあと、ダグは声をひそめた。《相手はグアム商業銀行の頭取と名乗っているのですが……》

「それがどうした？」

《お声がおかしいのです》

「どうおかしい？」

《原稿を棒読みしているような口調で、アクセントもめちゃくちゃです。あれは人間が喋《しゃべ》っている言葉ではありません》

人間ではないとしたら、誰が喋っているのか。

《とにかく誰がどう聞いても本物の頭取ではありません。どこかの偽者です。いかがいたしましょう？》

さすがに動揺したらしく、偽者という言葉にチャモロ語訛《なま》りがわずかに覗いた。

「かまわない。つないでくれ」

そう答えたのは好奇心が勝ってしまったせいか、それとも、たいして面白くもない書類仕事から束《つか》の間でも逃避したいと願ったからか。

《ＫＯＵＮＯ興産の社長さんですね》
英語だった。その声を耳にしてすぐに、ダグが間違っていなかったことを知った。たしかに人間ではない。機械が喋っている声だ。
「そうですが。あなたはどちら様です?」こちらも英語に切り替えた。「秘書からは商銀の頭取と伺っていますが」
《はい》
「なるほど。ではウッズさんですね」
商銀の頭取の名はフォレストだが、かまをかけ、そう訊いてみた。
《――ええ。おっしゃるとおりウッズです》
いまの応答があるまで、わずかだが間があった。どうやら相手は、返事の言葉をパソコンに打ち込み、読み上げソフトで音声化しているようだ。
甲野は電話を切ろうとして、しかしその手を止めた。好奇心が勝った。この妙な相手がこれからどう出てくるのか、もうしばらく付き合ってやれば、ちょっとした話のタネぐらいにはなるだろう。
「ではウッズさん、さっそくご用件をうかがいましょうか」

《今日はいい天気ですね》
「……まあ、そうですね」
《これから数日間、晴天が続くそうですよ。スコールもないようです》
「それで」咳払いを一つ入れてから繰り返した。「ご用件は」
《借り入れ金の関係で、社長さんの資産を少し調査させていただきたいと思いまして。
――自家用飛行機をお持ちですね》
「持っています」
《どういう機種でしょうか》
「小さなプロペラ機ですよ。通称アイランダーと呼ばれているやつです。座席はパイロットの分を入れて十しかありません」
《航続距離はどれくらいでしょうか》
「たしか千キロくらいですね」
《その飛行機はどこに置いてあります？》
「グアム国際空港のプライベートエリアに駐機してあります」
《分かりました。今日はいい天気ですから、いますぐにでもフライトを満喫《まんきつ》できます

ね》
「……そうですね。しようと思えば、ですが」
《では携帯電話はお持ちでしょうか。普通の携帯ではなくて、世界中のどこにいても使える衛星携帯電話です》
「ええ」
外国を飛び回る機会は多い。貿易ビジネスに関わる身にとって、衛星携帯は必需品だ。当然所有している。
《了解しました。ところで資産といえば、最近あなたはもう一つ手にされましたよね》
甲野は受話器から顔を離し、溜め息をついた。何だかんだと前振りがあったが、結局この相手の狙いも同じか。
「『ハガニアの霧』ですか」
《——ええ。どうやって入手されました？》
「グアムを離れる知人から、タモン地区にある古い民家をむりやり売り付けられましてね。家財道具からガラクタまで、まるごと買わされました。そこの物置小屋から見つけた次第です」
《──最初に発見したのは、ご子息だとか》
「……それを誰に訊きました？」
《──ちらほらと巷《ちまた》で噂になっています》
「お恥ずかしい話ですが、うちの息子は引きこもりやニートと呼ばれる人種でしてね。あのときはたまたま、物置を片付ける仕事をアルバイトとして彼に与えてやっただけなんですよ。物件の所有権は、あくまでもわたしにあります」
《──なるほど。息子さんは役に立ちましたか》
「思ったよりは」
ジョージの働きぶりは意外に悪くなかった。きっとあの薄暗い場所が気に入ったからだろう。
《ところで社長さん、あなたなら『ハガニアの霧』にいくらの値をつけますか》
「つけません。いや、つけられません。売り物ではありませんので」
《では、わたしがどれぐらいの金額を提示するか、お分かりですか》
「いいえ。分かりませんね。別に知りたくもありませんが」

《ゼロです》
「はい？」
《ゼロドル。ゼロ円です》
「面白いお方だ、あなたは。ではそろそろ、この通話を切らせていただきますよ。もう少し暇だったら、あとしばらくのあいだ冗談のお相手をしてさしあげられたのですが」
《お待ちください。お切りになる前に、ちょっとこれを聞いてもらえませんか》
いまの言葉はすぐに返ってきた。あらかじめ打ち込んで用意しておいた台詞《せりふ》なのだろう。
もう一度、今度は遠慮せず送話口に向かって溜め息をつき、
「いいえ、お断りします」
受話器を耳から離した。

3

冷静であるように努めはしたが、腕からうまく力を抜くことができなかった。そっと開けたつもりだった社長室のドアは、反動でこちらに跳《は》ね返ってきた。

その音に、秘書席で事務を執っていたダグが、目を丸くして振り返った。

「どうなさいました、社長」

甲野は口を開けた。しかし言葉がすぐには出てこなかった。脳の中が迷路にでもなってしまったかのように思考が混乱している。

「……すまないが、今日の予定は、キャンセルしてくれ」

「午前中ですか、午後ですか」

「全部だ。いまから一日中」

「分かりました」

ダグが方々に電話をかけまくっているあいだ、来客用の椅子《いす》に座った。胃のあたりが軽く痛み始めている。

受話器を置いたダグが、グラスに水を注いで差し出してきた。受け取ったが、飲む気にはなれなかった。喉《のど》はひりつくように渇いている。だが体の芯は冷え切っていた。

結局、口をつけずにグラスを置いた。

「社長、お顔の色がよくありません。大丈夫ですか」

「ああ。――ダグ、至急準備してほしいものがいくつかある」

「おっしゃってください」

「まず、動画撮影ができるデジカメがほしい」

「すぐにご用意できます」

「それから――」

甲野はダグの机にあったペンを手にした。手近にあったメモ用紙に直方体を描くと、縦、横、高さに寸法の数字を書き加えた。それぞれ二十八、四十二、十だった。

「トランクが一つ欲しい。サイズはこの紙に書いたとおりだ。単位はセンチ。インチじゃないから注意してくれ。ただしこれは内側のサイズだ。外側の大きさには特に指定はない」

「わかりました」

「問題は強度だ。丈夫でなければ困る。それも普通の頑丈さでは足りない。五百メートルくらいの高さからコンクリートの地面へ落としてもびくともしないもの、重戦車で踏み潰されても壊れないものが欲しい。ただし錠前は不要だ。特別な道具がなくても蓋《ふた》を開けることができるようなものを頼む」

「了解しました」

「それから構造にも注意してくれ。ただのトランクでは駄目だ。気密性が重要なんだ。この点だけは宇宙船並みの物を手に入れてもらいたい。完全に密閉されて、どんな苛酷な環境にあっても、中に入れたものが何の変化も受けないものが欲しい」

「何とか捜してみます」

「頼む。――それからもう一つ」

甲野は別のメモ紙を手元に引き寄せた。そして今度も同じように直方体を描き、縦、横、高さの寸法を書き入れた。それぞれ、七、七、五だった。

「今度はトランクじゃない。鉛のブロックだ。全部で二十四個用意してほしい。寸法はこのとおり。サイズの単位は同じくセンチだ」

「差し出がましいようですが、それは何に使われるおつもりです?」

「分からない」

「は？」

「分からないいんだ。わたしにも」

声に予想以上の苛立《いらだ》ちが混じってしまったようだ。ダグは瞬《まばた》きを繰り返した。

「……すみません。よけいな質問をしてしまって。ご用意するものは以上でしょうか」

「まだある。アイランダーの準備を頼みたい。いますぐ飛べるように手配してほしい。燃料を満タンにして、パイロットを待機させておいてくれ。しつこいようだが、急いでくれないか。午後一時までには空港に行き、搭乗《とうじょう》していなきゃならない」

「おまかせください」

ダグがふたたび受話器を取ったのを見届け、甲野は社長室に戻った。

壁に吊り下げた鏡の前に立ってみる。

やはり親子だな、と思う。捨てられた犬のような、何かにすがりつこうとする目。そして困惑して捻《ね》じ曲がった口元。いまの自分は息子のジョージによく似ていた。

しばらくするとノックの音がして、ダグが茶褐色の顔を覗かせた。

「手配を終えました。トランクも鉛も正午までには届きます。その時刻には飛行機もすぐに飛び立てるようになっているはずです」

目で礼を伝え、社長室に入るよう手招きをした。その手で西側の壁を指さす。

「どう思う、この絵を」

「生きているように感じます。息をしているように」

見続けていると、だんだん霧が晴れてきて、やがてその向こう側から、聖堂の白壁がうっすらと浮かび上がってくるように思えます。おかしな錯覚ですね。まるで自分の体が絵の中にとりこまれたかのようです……。

甲野は頰を緩《ゆる》めた。ふっと笑い声を漏らしてしまうほど、ダグの感想は自分が抱いている印象と見事に重なっていた。

「たとえ一千万ドル積まれても、この絵は、売るわけにはいかないんだ。誰にも」

なぜなら、本当にあるべき場所へ無償で寄贈するつもりだからだ。

あるべき場所とは、言うまでもなく実際のハガニア大聖堂だった。何も質問しなかったところを見ると、ダグにもその答えが分かっていたのかもしれない。

やはり島民の財産として、多くの人が集まる礼拝堂に飾り、皆に見てもらうのが一番だ。しかし、いましばらくだけは、自分の手元においてじっくりと鑑賞したい。それくらいのわがままは許されてもいいだろう――そう思っていたのだが……。

「残るもう一枚も見てみたいですね」

「そうだな……」

『ハガニアの霧』を入手したあと、当然、あの物置小屋に『ココスの黄昏』も眠っているのではないかと考えた。その可能性は高かった。行方不明になっていた絵画が同じ場所から複数発見される例は多い。そこでさっそく人手を雇って探してみたが、そう都合よく見つかりはしなかった。

ほどなくして、また社長室のドアがノックされた。

「お品物が届きました」

入ってきたのは、台車を押した男性社員だった。台車にはトランクと鉛ブロックが載っている。

するとダグが西の壁へ歩み寄り、『ハガニアの霧』の額縁を外しにかかった。

「何をしている」

「この絵を詰めるのではありませんか、これに」ダグは届いたばかりのトランクを指さした。

「……よく分かったな」

「誰でも分かります。風景画で六号といえば、キャンバスのサイズは、だいたい三十センチ弱×四十センチ強になります。トランクの大きさとほぼ同じですから」

甲野も一緒になって壁から絵を外した。額縁からも絵画本体を外し取ると、キャビネットにあった気泡シートを適当なサイズに切り、傷がつかないようキャンバスに巻きつけ始めた。

「社長はさっき『この絵は売れない』とおっしゃいました。なのに、いまこうして誰かに譲ろうとしていらっしゃる。どういうことでしょうか」

黙っていた。どう返事をしたものか迷ったからだ。「譲る」とはちょっと違う。「手放す」のだ。

とりあえず「これから空港まで行き、ある人物と取り引きをする」とだけ返事をしたところ、ダグが作業の手を止めた。

「何があったのか、そろそろ話してくださいますよね」

気泡シートで包んだ『ハガニアの霧』を、そっとトランクに詰め終えてから、甲野はデスクの上に置いた電話機に向かって歩み寄った。電話機には、先ほどの〝ウッズ〟とのやりとりを録音してある。
再生ボタンを押した。
《お待ちください。お切りになる前に、ちょっとこれを聞いてもらえませんか》
《いいえ、お断りします》
さっきはここで受話器を戻そうとした。その手を途中で止めたのは、ウッズとは別の声が受話器から聞こえてきたからだった。
《父さん？　――ごめん。迷惑かけて》
いま電話機のスピーカーから流れたその音声は、録音装置の性能があまりよくないせいか、普段耳にしているものとは少し違っていた。だが、もう一度聞いても間違いない。イントネーションは紛れもなく息子、ジョージのものだ。
《お分かりになりましたね。わたしは息子さんを預からせていただいています。息子さんの命をね。いまのところ彼は無事です。目隠し、猿轡《さるぐつわ》、それに手錠をさせていただいていますが、とりあえず元気です》
《……誘拐《ゆうかい》した、ということか》
《人聞きの悪いことをおっしゃいますね。わたしが望んでいるのは単なる取り引きですよ。これから先も息子さんの無事をお望みでしたら『ハガニアの霧』をわたしにお譲りください。金額はさっきの値段——すなわちゼロドルで》

《……ちょっと待ってくれないか》

《言うまでもありませんが警察にはご内密に願います。ただ、あなたお一人では何かと大変でしょうから、取り引きには先ほど電話に出られた方——秘書さんでしょうか——その方にも同行してもらうといいでしょう》

《待ってくれ。考える時間が欲しい》

《では具体的な取り引きの手順をご説明します。次に挙げる物品をいますぐに用意していただけますか。まずは動画撮影ができるデジカメです》

録音したデータはまだ残っていたが、停止ボタンを押した。犯人の要求が、このあとずらずらと続くことになる。だがそれらは、先ほどダグに頼んだとおりの内容だ。もう聞かせるまでもないだろう。

「いまから……」ダグはまた瞬きを繰り返した。「どうすればいいんですか、我々は」

我々——その言葉に少しだけ勇気づけられながら、甲野はデスクの抽斗《ひきだし》を開け、衛星携帯電話を取り出した。

「相手は、これに連絡をよこすらしい。とりあえず空港まで出かける。運転してもらえるか」

4

目が合ったのは、これで何度目だろうか。ハンドルを握るダグが、またバックミラーを介して視線を送ってきた。何か言いたそうだ。

遠慮するな、の意をこめて、顎《あご》を少し動かしてやると、ダグは口を開いた。

「犯人は、絵の入ったトランクを飛行機で運ばせ、受け渡しの地点に落下させる魂胆《こんたん》でしょうか」

「だろうな」

「通信手段としては、普通の携帯電話ではなく、衛星タイプを指定してきました。すると通常の電波が届かない遠隔地まで運ばせるつもりのようですね」

「ああ。おそらく、どこかの山の中だろう」

「分からないのは鉛のブロックです。いったい何のために使うんでしょう」

この質問には、やはり首を振るしかなかった。

「ウッズとやらは、こちらの目をごまかすために、わざと不必要なものを作らせた——というふうには考えられませんか」

「それはどうかな」

ブロックのサイズや個数を細かい数値まで指定している以上、犯人にとって必要になるものだと見ていいのではないかと思う。

「ダグ、そのブロックだが、重さは合計でいくらになる？」

「約六十五キロですね」即答と言ってよかった。

「間違いないか」

「ええ」

「どうやって計算した」

ブロックが社長室に届けられてから、車に積み込み、こうして走り出すまで、一度として秤《はかり》を使う機会などなかったはずだ。

「簡単です。まずブロック一個の体積を計算します。これは七×七×五で二百四十五立方センチメートルです」

車が交差点を左折し、右手にグアム国際空港の管制塔が見えてきた。

「これが水ならば重さは二百四十五グラムになります。鉛の比重は約十一ですから、これを十一倍してやればブロック一個の重さが算出できます」

「二百四十五かける十一……。いくつだ？」

「約二千七百グラムです。つまり約二・七キロですね。これが二十四個集まれば約六十五キロになります」

「どうやってそれほど暗算に強くなった」

「算盤《そろばん》です。わたしが出たサンタ・リタ地区の小学校では必修科目でした」

甲野はバックミラーを使ってダグの目を見据えた。チャモロ人にしては細身の三十二歳は四児の父だ。わずか三年前に秘書として雇ったこの男が、なぜか、生まれたときからの知り合いのように思えた。

こちらの視線に気づいたか、ダグは、何か？　という顔をした。

「わたしは自分の子には優秀でいてほしかった。きみが息子だったらと思うよ」

「社長、失礼ですが、いまおっしゃった言葉は、もう二度と口にしてはいけません。社長のご子息はジョージさんです。わたしではありません。ジョージさんを救うために、あなたは行動しなければならないのです」

英文を訳したような硬い日本語だった。何か目新しいことを言ったわけでもない。だが、ダグの口から出たその言葉は妙に説得力があった。

ほどなくして、車はグアム国際空港のゲートを通過した。そのまま真っ直ぐプライベートエリアへ向かう。

アイランダーことBN2B—20型は駐機場の端《はし》に停まっていた。コックピットには専属で雇っている操縦士の影があり、プロペラも既に回転している。

車から降り、ダグと一緒に搭乗した。

腰を下ろしたのは、最前列にある右側の席だった。ダグがその斜め後ろに座ったとき、時刻は午後一時まであと五分を残すだけだった。

五分後、午後一時きっかりに、衛星電話がコール音を発した。

端末を耳にあてると、間髪を容《い》れずに読み上げソフトの声が言った。《約束の時間になりました。飛行機にはもう乗られましたね》

「乗った」

《——ではパイロットに伝えていただけますか。しばらくのあいだ南東に向かって飛

ぶようにと。時速は二百五十キロでお願いします。高度はどうぞご自由に》

動き始めた機体の窓から外を窺《うかが》ってみた。目に映ったものは、駐機場に並んだ他の飛行機だけだ。不審な人影や車両は見当たらない。

離陸するのを待ち、持参した地図を膝の上に広げた。狭い島だ。グアム国際空港から南東の方角にあるものと言えば、マンギラオ地区のゴルフクラブくらいのものだった。

ゴルフ場。受け渡し場所はここだろうか……。

いや、違う。時速二百五十キロならば、マンギラオ地区まで二分とかからない。だがウッズは《しばらくのあいだ》飛べと言った。百秒かそこらの時間を、そのようには表現しないだろう。すると島内ではなく、どこかの離島にでも投下させるつもりか。

後ろを振り返ると、ダグの浅黒い額は汗で光っていた。

「すまない。飛行機は苦手だったな」

ハンカチを取り出し、無理に笑顔を作るチャモロ人の手に握らせてやった。

予想どおり、相手から何の指示もないまま、機はマンギラオ地区の上空を通り過ぎ、南東の海上へと出て行った。

ふたたび電話が鳴ったのは、離陸から四十分ほども経過してからだった。

《もう一度パイロットに伝えていただけますか。北緯十一度二十一分、東経百四十二度十二分の地点を目指してほしいと》

「分かった」

《あと十五分もすれば着くでしょう。そのときまた連絡します》

電話が切れた。

甲野は中腰になり、コックピットに上半身を突っ込んだ。パイロットに、いま指示のあった座標を伝えてから訊く。「そこまで行くのに、あと何分くらいかかる？」

「十五分くらいでしょうね」

敵は状況を正確に把握しているようだ。

「そこには、いったい何がある？」

「たぶん何もありはしませんよ。海水の他には」

座席に戻り、地図を畳んだ。代わって海図を広げてみる。詳細な図面だった。北緯も東経も分刻みに線が引いてあるし、陸地は野球場ほどの面積もない小島に至るまですべて記入されている。

北緯十一度二十一分、東経百四十二度十二分——その場所には、なるほど陸地を示す図形は見当たらなかった。

もしかしたらウッズも空にいるかもしれない。ふとそう思い当たり、ダグと一緒になってガラスに鼻面をへばりつけ、上空に目を凝らしてみた。

だが、窓の外にあるのは白く霞んだ空気だけだった。飛行機どころか、鳥の一羽すらも飛んではいない。

そうしているうちに、操縦士が客席の方に振り返った。「そろそろ到着します」

同時に、衛星電話が鳴った。

《ところで甲野さん、『ハガニアの霧』はいまトランクに入っていますか》

「ああ」

《——ではお手数ですが、いったん中から外に出してください》

言われたとおりにした。額縁を含めた絵の重さは五、六キログラム程度だろうが、いまは倍ほどにも感じられた。

「次は何をすればいい？」

《トランクに鉛のブロックを敷き詰めてください》

「待った。そんなことをして何の意味がある？　受け渡しに苦労するだけだろう」

《トランクに鉛のブロックを敷き詰めてください》

「……分かった」

ダグと二人で作業をしているうちに気づいた。鉛ブロックは二辺がともに七センチだ。これが二十四個あれば、二十八センチ×四十二センチのケースに四行六列でぴったりと収まる。

そのとおり、鉛ブロックはケースの底に隙間なく整列した。

「敷いた」

《お疲れさまでした。では鉛ブロックの上に絵を置いて、トランクの蓋を元通りに閉めていただけますか。ただし、ここで秘書の方にお願いがあります。デジカメの動画モードで絵を撮影してください。できるだけ近い距離からお願いします。その映像を、後から確認させていただきますから。万が一贋作《がんさく》に掏《す》り替えられたりしていないとも限りませんので》

「安心しろ。本物だよ」

《――もちろんわたしもそう信じています。秘書の方、絵を撮り終えても、カメラの

スイッチを切らないでください。これから先、わたしがいいというまでトランクを撮影し続けていただきます》

絵を包んでいた気泡シートをいったん外してやると、ダグが脂汗を浮かべた顔の前にデジカメを構えた。

少し待ち、頃合を見て絵を包み直し、ふたたびトランクに詰めた。

「入れたぞ。あとはどうする」

《ご苦労さまです。その飛行機にはもちろん投下ハッチはついていますね》

「ああ」

《ではトランクをハッチにセットしてください。繰り返しますが、撮影はずっと続けてください。けしてフレームからトランクを外さないようにお願いします》

鉛のブロックを詰めたトランクは、七十キロを超える重量になっているはずだった。助けがほしいが、ダグの手はカメラでふさがっている。

通路の床を引きずって、どうにか機体後部まで持っていった。床部分にあるハッチの第一扉を開け、トランクをセットしてから、その旨をウッズに告げた。

《ではその場で機体を旋回させるよう、パイロットにお伝えください。旋回が始まっ

たら、トランクを投下してくださいったのな

「ちょっと待ってくれ。ここがどこだか本当に分かっているのか？」

《——いちおう分かっているつもりです。こちらの指示どおり飛んでくださったのなら、そこはグアム島の南東二百五十キロの海上のはずですが》

「そうだ。つまりこの地球上でいちばん深い海——マリアナ海溝の真上ってことだ」

しかもこの場所なら、マリアナ海溝の中でも最も深い部分であるチャレンジャー海《かい》淵《えん》の真上かもしれない。だとしたら水深は一万一千メートルほどにもなる。

《——よかった。わたしもそのつもりでご案内さしあげたのです》

「ふざけるな。こんな場所から鉛入りのケースを投下してみろ。一万メートルよりもっと深い海の底へ落ちていくんだぞ。どうやって回収するつもりだ」

《——もちろん深海潜水艇を使います》

「おい、潜水艇の限度を知らないのか。せいぜい六千か七千メートルまでしか潜れないだろうが」

《——それは日本の「しんかい六五〇〇」程度の話ですね。わたしの艇は格が違います。設計上では二万メートルまで潜ることができるのです。もっとも、残念ながらこ

の地球にはそこまで深い海など存在しませんが。その点では宝の持ち腐れですね》
「あんた、いったい何者なんだ?」
《――その質問にはお答えできません。話を戻しますと、わたしの艇はすべてが破格です。最大速力は百八ノット、航続距離は一万キロ。並みの潜水艇ならダイビング・ポイントの真上まで行くのに母船を必要としますが、わたしの艇にはそれが不要です。あなた方の目の届かない場所から出発し、ずっと海底を這《は》ったままトランクの落下場所まで行くことができるのです》
「落下場所まで行ける? 簡単に言うじゃないか。海がどれほど広いか知らないのか」
《――ご心配には及びません。艇には鉛に反応するレーダーが備えてありますから。たとえトランクが泥の中に埋まっていても見つけるのは簡単です。付け加えるなら、わたしの艇自体はレーダーやソナーに感知されない構造にもなっていますので、相手が海軍でもこちらの動きを察知するのは不可能です》
　受話器から流れてくる声を聞いているうちに、軽い吐き気が込み上げてきた。悪い夢でも見ているような気がしてならない。

潜水艇による回収など、本当に可能なのか——。

しかしここはウッズの言い分を信じるしかない。鉛のブロックを詰めたトランクは間違いなくこれから一万メートルの海底まで落下するのだ。どう考えても、それを回収するには深海を航行できる船を使う以外に手はない。

《ではハッチを開いてトランクを落としていただけますか。——それから秘書の方、投下したら、窓からトランクをカメラで追いかけてください。機体が旋回しているなら撮影できるでしょう。トランクが海中に落ちて飛沫《しぶき》が上がるところまでを映像に収めたら、あなたの任務はおしまいです》

「トランクを落としたら——」

甲野は思わずカメラのレンズを睨《にら》みつけた。こちらの形相《ぎょうそう》に驚いたのか、ダグが半歩ほど通路を後退する。

「落としたら、すぐに息子を返してくれるんだろうな」

《——もちろんです。ただし、あと一仕事だけしていただきます。飛行場に着陸したら、いま撮影した動画をウェブ上にアップし、誰でも閲覧《えつらん》できるようにしてください。それが済んではじめて甲野さんの仕事も終わりになります》

「……分かった」

パイロットにハッチを開けるように頼むと、がこんと音がし、約七十キロの重量を失った機体がわずかに震えた。

甲野は窓から外をのぞいた。投下されたケースが機体の陰から姿を現し、斜め後方へ向かってどんどん小さくなっていく。かと思うと、すぐに尾翼の死角に入って見えなくなった。

窓にへばりつくようにしてデジカメのレンズを下に向けていたダグが振り返り、小さく頷いた。撮影はうまくいったようだ。

「終わったぞ」

《では動画のアップを楽しみにしております》

読み上げソフトの平板な音声が途絶えた。

甲野は、握ったままの衛星電話をじっと見据《みす》えた。だが、それがふたたび鳴る気配は、もうなかった。黒い端末は、自分のこめかみから流れて付着した汗のせいで、ただ鈍く光っているだけだった。

5

クロールで二十五メートルを三本も泳ぐと、ふくらはぎの筋肉が悲鳴をあげ始めた。これ以上無理をすればプールの真ん中で沈没という事態を招きかねない。

毎週木曜日の午後は、社屋のそばにあるこのスポーツクラブで、最低でも二百メートルの距離を泳ぐようにしてきた。だが、今日は無理だ。あの事件以来、体に溜まった疲れは一向に取れない。

甲野は体を仰向けにした。楽な姿勢でプールの端に浮いたまま、ＦＢＩの支局に出向いたダグの帰りを待つことにする。

そうして五分ほども高い天井を見上げ続けたころ、

「ただいま戻りました」

ダグの声が、他には誰もいない屋内プールの壁に反響した。

「すまなかったな」

甲野は姿勢を立ち泳ぎに変えることで秘書を出迎えた。

——現時点での捜査の状況をご説明しますので、木曜の午後にいらしてください。

そうＦＢＩから申し出があったのは今週の初めだった。ＦＢＩ——組織名の大仰さに耳を疑い、一方で、なぜグアム警察からの連絡ではないのかと不思議に思ったが、誘拐のような重大事件には連邦捜査局が乗り出すものだと説明され、納得した。

それはともかく、本当なら自分が直接出向くべきだった。しかし、どうしても気が進まなかった。この歳《とし》になると、嫌な記憶を振り返るだけの覇気《はき》も気力も、残念ながら失ってしまうようだ。

「主任捜査官の様子ときたら」ダグはゆっくりと首を横に振った。「見ていて本当に気の毒でした」

「だろうな」

事件発生から二週間になるが、捜査が進展したという話はまだ耳にしていない。

自分にはそのつもりはないのだが、ＫＯＵＮＯ興産の社長といえば地元の名士ということになっているらしい。たしかに各分野のお偉方に知り合いは多い。そうした事情もあってだろう、この事件に投入されている捜査員の数は百名に近いと聞いていた。当然、責任者にのしかかるプレッシャーはかなりのものに違いない。

ダグはビジネスバッグの中からＩＣレコーダーを取り出した。

「ご子息が保護された際のやりとりです。録音データを渡してもらえました。お聞きになりますか」

『ハガニアの霧』をマリアナ海溝に落とした日の夜、ジョージは無事に戻ってきた。その翌日、彼に対する事情聴取は自宅から最も近い場所にある警察署で行なわれた。付き添ってやってはどうかと周囲から勧められたが、結局、息子一人に行ってこさせた。

ジョージの証言については、もちろんすでに大体の内容を知らされてはいたが、詳しいやりとりはまだ把握していなかった。

「聞かせてくれ」

ダグが再生ボタンを押した。

――じゃあジョージくん、さらわれたときの様子を教えてもらえるかな。思い出せる範囲でけっこうだから。

――あの日の朝、家でジュースを飲んだあと、いきなり眠くなりました。気がつくと、饐《す》えた臭いのする冷たい場所に転がされていました。

——きみの家に賊《ぞく》が入り、あらかじめジュースに薬でも仕込んでおいた。そういうことかな。

——だと思います。

——続けて。

——目隠しに、猿轡と手錠もされて、ほとんどのあいだ眠らされていました。ですから、監禁されていた場所はどこなのか、さっぱり分かりませんでした。いまでも見当がつきません。

——途中で起こされたりはしなかった？

——しました。パソコンが喋る声で、「おまえは誘拐された」と聞かされました。そして「おまえの親父が電話に出ているから、いまから言うとおりに喋ってみろ」と命令されました。

——どんな言葉を喋らされた？

——「父さん、迷惑かけて、すみません」だったかな、そんな感じの言葉だったと思います。頭がぼうっとしていたので、はっきりとは覚えていません。

——音はどうかな。何か聞こえた？

——ただカチャカチャとキーボードを打つ音だけがしていました。文章を打っていたようです。それを音声読み上げソフトで読ませている声が聞こえていました。

——家までどうやって帰ってきた？

——気がつくと自動車に乗せられていました。急に車が停まったかと思うと、放り投げるようにして道路に落とされました。目隠しを取ったところ、そこはタムニング地区の人気《ひとけ》のない場所でした。もう夜になっていました。そこから、歩いて家に帰ってきました。

ＩＣレコーダーの再生が終わると、ダグは背広の内ポケットからメモ帳を取り出し、ページを繰った。「では、聞いてきた内容をざっとご報告します」

「ああ、頼む」

「犯人の絞り込みにあたり、ＦＢＩが重視したのが、いわば技術力です。海底一万メートルで小さなトランク一つを探し出し、回収してくるだけのノウハウや設備を持っているのは誰か。そのような組織なり個人なりが、どこに存在しているのか。そうした観点から調査を始めたそうです」

マリアナ海溝の暗闇を照らす、潜水艇のサーチライトが見えたような気がした。海底の泥に埋まったトランクを探し出すレーダーの音も、それをつかんで艇内に回収するアームの動くさまも、ぼんやりとだが想像された。

「まず、これまで社長に『ハガニアの霧』を買い取りたいと申し出た人物を全員、徹底的に内偵したようです。そのほとんどが、かなりの財力を持った組織もしくは個人ですから、ひょっとすると高性能の潜水艇を所有している可能性もあったわけです」

立ち泳ぎもそろそろ疲れてきた。

「しかし、誰一人として、そのような動きを見せた者はいませんでした。そこでＦＢＩはもっと根本的な地点に立ち返りました。そもそも二万メートル級の有人深海潜水艇を作ることが、本当に可能なのかどうか。この点から調べ直しを行なうことにしました」

甲野はコースロープの一本につかまり、足を休めた。

「そこで英国のマリンエナジー社にいる技術者にあたってみたところ、速力百八ノットと言ったとたんに笑われ、航続距離一万キロと言ったら怒られたそうです」

「怒られた？」

「そのエンジニアは、きっと、自分がからかわれていると思ったのでしょう。要するに、犯人が口にしたような潜水艇は、いまの技術力では夢物語でしかなく、実験段階にすら到達していないとのことでした」

「するとウッズは……法螺《ほら》を吹いたということか」

「でしょうね」ダグはメモ帳を閉じた。「九十九パーセント、いえ、百パーセント、犯人の言葉はでたらめです」

甲野は目いっぱい空気を吸い込み、プールの底に潜った。

全身に水圧を感じながら、目をかたく閉じ、静かに息を吐き出す。

『ハガニアの霧』を抱いたトランクは、いま自分がいる場所よりも、何千倍も深い海の底で、じっと引き上げられるのを待っている。

そこは——犯人が指定した絵の受け渡し場所は——回収の手段が決して存在しない極限の地だった。北緯十一度二十一分、東経百四十二度十二分。圧倒的な水圧に支配された、世界で最も暗くて深い場所だ。

犯人ですら到達できない地点。敢《あ》えてそのような場所へ貴重な絵画を投下させた後、やつはいったいどうするつもりだったのか……。

目を開いた。

水中にいるが、いま脳裏で見ている光景は水ではなかった。

火だ。

燃えさかる火、猛烈な勢いで四方八方から吹き付ける炎が、はっきりと見える。

その炎にさらされているのは特大の棺桶だ。中には人間の亡骸《なきがら》と、そして絵画が入っている。

グアム島を愛した閨秀画家の作品が二十八枚、同じ棺桶で荼毘《だび》に付されている。

南国の美を繊細な筆使いで写し取ったキャンバスの群れは、次々に黒い穴を作り、めくれあがり、焼け爛《ただ》れていく……。

6

夕刻、自宅二階の廊下から、西の方角を見やった。

薄い紙を裏側から火で炙《あぶ》っているかのようだった。熱帯の太陽は、あれほど傾いてもなお、水平線近くにある雲を焼き尽くさんばかりの光を放っている。

体の向きを変え、目の前にあるドアをノックした。

GEORGE《ジョージ》のプレートがネジ留めされたそのドアからは返事がなかった。

鍵はかかっているようだ。

耳を済ませてみる。室内から物音はしなかった。だが、息子がいることは確かだ。息遣《いきづか》いが聞こえてくる。実際には聞こえないのかもしれないが、長年一緒に暮らしているのだ、雰囲気から分かる。

身を屈め、手にしていた鍵を、ドアと床の隙間から室内に向かって差し入れた。しばらく待つと、鍵が内側に引っ張られ始めた。

だがすぐに、かつっと音を立て、鍵の動きは途中で止まった。鍵本体の部分はジョージの手で室内に引っ張りこまれたが、持ち手の部分はレリーフの厚みにより、ドアの下部に引っ掛かっている。

「これが欲しかったら、ここを開けるしかないぞ」

やがてノブのロックが解除される音がし、ドアが小さく開いた。狭い隙間から覗いたジョージの顔は、たったいま強烈な西日を目にしたせいか、一段と青白く見えた。

息子の手を取り、廃屋の鍵を握らせた。

「本当にもらっていいの」

「ああ、約束だからな」

「……どんな約束だっけ」

「もう忘れたのか。『ひと財産を築いたら、これをやる』って約束だよ。おまえ、そのひと財産を築いたろ。良くも悪くもな。だからおまけであのボロ物件もくれてやるんだよ」

そう説明してやっても、ジョージは途方に暮れた顔をしている。「……築いてないよ。財産なんて」

「そうだったか？　おれの勘違いかな」

「うん。それに、良くも悪くもってどういう意味？」

「まあ気にするな。おれの勘違いならそれでいい。その鍵は取っておけ」

ジョージは、おずおずと握ったままの手を引っ込めようとした。その手を、甲野はまだ離さなかった。

「たまには部屋に入れてもらえないか。おまえに伝えておきたいことがある」

「どんなこと？」

「おれの秘書をしているダグを知ってるよな。彼がＦＢＩから捜査の説明を受けてきた。その内容だ」

瞳の中に猜疑《さいぎ》の色を宿しつつも、ジョージは一歩後ろに退いた。

息子の手を離してやりながら部屋に入った。やけに薄暗いのは、西側に設けられた窓の鎧戸《よろいど》が閉め切ってあるせいだ。

「捜査は、いま、どこまで進んだの？」

「犯人が誰なのかは、まだ判明していない。だが犯人の目的は、はっきりと分かった」

「目的なんて最初から分かってるでしょ」

「ほう。じゃあ何だ。言ってみろ」

「決まってるよ。あの絵だよ。『ハガニアの霧』」

「違う」

「……じゃあ何だったの」

「なぜ開けない」

「え？」

「だからそこだよ」閉まったままになっている西側の窓を指さした。「夕陽は今日もきれいだぞ。おまえらしくないな。閉めっぱなしにしておくなんて」

「……寝てたから」

「そうか。だけどおまえ、こんなに寝相がよかったか」

ベッドに近寄り、少しの乱れもないシーツを手でぽんと叩いてやると、ジョージの顔が強張《こわば》った。

「窓を開けたくなかったら、景色の代わりになるものでも飾ったらどうだ」

「代わりになるものって？　写真とか？」

「ああ。でなけりゃ絵だ。夕陽を描いた絵だよ」

息苦しいのだろう、ジョージは鼻腔《びくう》を目いっぱいに広げ始めた。そのせいで顔つきまで別人のように見えている。

「いや案外、もうとっくに、そんな絵を隠し持っていたりしてな、この部屋のどこかに。それを見れば足りるから、窓を閉め切っていたんじゃないのか」

鼻腔と同じように、ジョージは目も見開いた。

「おっと、勝手な想像をしてすまん。いくらなんでも、いまのは穿《うが》ちすぎだな」

笑って、息子の細い肩を軽く叩いた。まるで体温の感じられない肩だった。

「あの、父さん」

「ん」

「そろそろ、出て行ってくれる？」

「捨てさせようとしたんだ」

「……何の話？」

「だから、さっきの答えだよ。犯人の目的だ。やつは『ハガニアの霧』を手に入れたかったんじゃない。その逆だ。捨てたかったんだ」

「……意味が、分からないよ」

「そう、おれに捨てさせることが目的だった。誰の手にも触れないところにな。そのためには世界で一番深い海の底はもってこいの場所だったんだよ。――じゃあ誰がそんなことを考えると思う？　教えてくれよ、ジョージ」

「……だから、意味が分からないって」

「誰が考える？　教えてくれ。さあ早く」

「……父さんを、恨んでいる人」

「たしかにそうだ。他には？」

「あの絵が、嫌いな人」

「当然それもあるよな。他には？」

「ただの、愉快犯ってやつかも」

「なるほど、そいつは気づかなかった。他には？」

あとは分からない、というように、ジョージは小さく何度も首を振った。

「もう一つあるぞ。それはな、一枚の絵を持っている人物だ。その絵の題名は『ココスの黄昏』という」

そこだけ時間が止まったかのように、ジョージの体は一瞬、ぴたりと静止した。

「彼か彼女か知らないが、その人物は、あるときふと思い出した。何を？　ドイツ人の収集家の話をだ。そしてこう考えた――もし『ハガニアの霧』がこの世からなくなれば、自分の持っている絵の希少価値がぐんと跳ね上がるんじゃないのか、ってな」

ジョージは手の指をおかしな具合に曲げ始めた。強い緊張を受けたときの癖だ。

「もしかしたら、もしかしたらだぞ、おまえがあの小屋で『ハガニア』を見つける前に、『ココス』を先に発見していた、なんてことはないよな？　価値を知らず、好きな風景だからというだけの軽い理由で、この部屋に持ち帰っていた、なんてことはまさかないよな?」

曲げすぎたジョージの指が、ぐぎっと嫌な音を立てた。

「すまないが、これから少し時間をもらえるか」

ジョージの首が動いた。震えたのか、頷いたのかはっきりしなかった。縦に動いたのだから頷いたのだろうと解釈し、甲野は続けた。

「実は、いまFBIの捜査官が下の居間で待っている。おまえに、もう一度訊きたいことがあるらしい」

眩暈《めまい》がしたらしく、ジョージの上半身が前後に揺れた。

「なんでも、おまえのパソコンに音声読み上げソフトがインストールされているかどうか知りたいそうだ。それから、自作自演の誘拐劇は、どのあたりが難しいのか、参考までにぜひ教えてほしいとも言っていた」

バランスを失ったジョージの体が、こちらに向かって倒れてきた。

甲野は息子を両腕で抱きとめ、囁《ささや》いた。「心配するな」

今度は、おれがそばについているから――。

腕にそっと力をこめた。

痩せた体がわずかでもぬくもりを取り戻すまで、もう少しだけ、じっとこのまま待とうと思った。

解説

杉江松恋
（書評家）

長岡弘樹は「状況」を作り出す名手である。

謎を扱う小説であるミステリーにおいて読者の心に最も記銘力を持つ要素は、今も昔もトリックだ。しかし、そのトリックは小説中に単独で成立するわけではない。誰かの必要に迫られ、必然性を持って採用されるものだからである。そうした状況を作中で展開することができなければ、せっかくの着想も宝の持ち腐れとなる。長岡弘樹の第五作にあたる短篇集『波形《はけい》の声』を再読して思いを新たにした。

結局は、良き状況を作り出した作家こそが読者の記憶に残ることになる。

本書は七編を収めた作品集であり、二〇一四年二月二十八日に徳間書店から単行本が刊行された。今回が初の文庫化である。

収録された中では表題作が最も古い（『問題小説』二〇〇九年九月号）。二〇〇九年は長岡にとって画期的な年であり、前年に発表した短篇「傍聞《かたえぎ》き」（後に同題短篇集収録）が第六十一回日本推理作家協会賞短編部門を受賞するなど評価され、短篇の巧手という評価を確立しつつあった時期だ。物語の主人公は谷村梢という教師である。彼女は任期わずか一ヶ月半の補助教員としてその小学校にやってきた。序盤の展開では、梢が教室内で不協和音を発している文吾という少年の存在に気づき、それが大きな事件に発展してしまうまでが流れるような筆致で描かれている。学校内における彼女の立場は担任「もどき」のような曖昧《あいまい》なものにすぎない。それが事件に対する独特の視点を得ることにつながっていくのである。本編は高く評価され、日本推理作家協会が編纂《へんさん》する年刊アンソロジー『ザ・ベストミステリーズ　２０１０　推理小説年鑑』（二〇一〇年。講談社→『ＢＯＲＤＥＲ　善と悪の境界　ミステリー傑作選』と分冊改題の上、現・講談社文庫）。

作り出された状況では「黒白《こくびゃく》の暦《こよみ》」（『問題小説』二〇一一年八月号）のそれも印象に残る。中心にいるのは二人の女性社員だ。安永秋穂と門脇理花、食品の開発と卸《おろし》売りを業務とする「北栄フーズ」の農水産食品部長と次長という間柄である。二人は上の役職を巡って静かな競争状態にあり、秋穂は理花に勝ったか、負けたかという日々の記録を密《ひそ》かにつけている（それが題名の由来だ）。単なるライバルではなく、秋穂の息子が理花の娘と結婚していて姻戚関係にもなっている、というのが設定の上手いところである。計算されたトリックというよりは、ある小道具が使われたことによって起きた意外な出来事がこの短篇の主眼となる。その驚きによって生じた心の空隙に穏やかなものが満たされていく幕切れの場面は非常に後味の良いものだ。

物語の構造が「黒白の暦」に似ているのが「準備室」（『問題小説』二〇一〇年三月号）で、県庁職員間のパワー・ハラスメントに見える関係が、別の着眼点を導入するだけでするりと変化する。中学数学の中には合同や相似といった図形の中の特異点を発見することで正解に至れるものがあるが、それによく似た手触りの短篇だ。「黒白の暦」以上に伏線が効果的に使われているので、こちらを上位と考える読者も多いはずである。

このように、作中の謎が単独で浮遊しているのではなく、登場人物と彼らの置かれた状況と不可分の関係で描かれているのが本書収録作の魅力である。ややトリックの要素が強い作品には「ハガニアの霧」（『読楽』二〇一二年三月号）がある。世界に数枚しか現存していないはずの幻の作家の絵画が、誘拐事件の身代金代わりに用いられる。この手の小説の特徴として犯人との交渉、身代金の受け渡しの過程が物語のクライマックスに設定されており、そこで弄《ろう》されるトリックは手が込んだものだ。しかし最大の驚きは、犯人とその動機が明かされた後に到来するはずである。トリック主体の小説とは思えないが、通読するとその中で仕組まれていたことに感心させられる、というのが「宿敵」(『読楽』二〇一二年十一月号)である。近年、高齢者による無謀運転事故の増加が社会問題化しているが、それを先取りしたような内容である。互いを「宿敵」と考える高齢者二人が主役の話であり、じりじりとしたサスペンスが作中には充満している。「わけありの街」(『読楽』二〇一二年十月号)では、最後にわかる事実によって登場人物の不可解な行動に抱いていた読者の疑問が氷解するという仕掛けが施されている。昭和の国内ミステリーに詳しい読者ならば、ある有名短篇を連想されるはずだ。

こうして見ると、『読楽』(『問題小説』の後継誌)発表の三作には、結末近くで明かされる真相が小説を構成する要素としては非常に大きくなっていて、ややアイデア重視の観がある。「波形の声」「黒白の暦」「準備室」などは着想が物語の文脈の中で浮かないように、あえて抑制した描き方をしている。読者としては、両方の筆致で書かれたものが楽しめるわけである。収録された中でやや異彩を放っているのが「暗闇の蚊」(『問題小説』二〇一〇年十二月号掲載の「蚊」を改題)だ。獣医師の母・千種から同じ職に就くための英才教育を施されている少年・渉《わたる》が主人公なのだが、彼が年上好きで、隣人の松本翠《みどり》という女性に恋心を抱いているという設定が、小説の中で重要な意味を持ってくる。千種に強制されて渉が犬の診療を手伝わされる冒頭(まだ資格も何もない中学生なのに)から、彼が翠に接近を試みる次の場面まで、十分な情報が与えられないままに物語が進んでいくため、あわただしく巻き込まれるような印象がある。渉という主人公が単に事態の推移を読者に伝令するだけの役回りに留まらず、作品全体の性格を左右する強いキャラクターになっている点が本篇の美点だろう。最後の彼の台詞に「……」という沈黙があるが、ここに込められた心情を想像すると、渉のなんともいえない表情が浮かんでくるのである。個人的にはこれを本書の白眉としたい。

徳間文庫には初登場となるので、作者の長岡弘樹について簡単に紹介しておく。

一九六九年生まれの長岡は、「真夏の車輪」で第二十五回小説推理新人賞を受賞してデビューを果たした(『小説推理』二〇〇三年八月号)。初めての単行本は二〇〇五年刊の『陽だまりの偽り』（双葉社→現・双葉文庫）だが、これは五篇を収めた短篇集である。続いての著作が前出の日本推理作家協会賞短編部門受賞作を含む第二短篇集『傍聞き』で、才能が真に開花したのもこの一作からだ。続く『線の波紋』（二〇一〇年。小学館→現・小学館文庫）は著者初の長篇だが、複数の事件を組み合わせたオムニバス形式での作品である。以降も短篇を中心に精力的な執筆活動を続けていたのだが、二〇一三年に世に放った作品『教場』（二〇一三年。小学館→現・小学館文庫）が、ミステリーファンのみならずさまざまな層の読者をも巻き込むヒット作となった。これまで小説の題材とされることが少なかった警察学校を舞台とした連作集であり、警官には不適格な生徒たちを容赦《ようしゃ》なく篩《ふるい》にかける教官・風間公親のメフィストフェレス的なキャラクターが読む者の心に強い印象を残す。これこそ、「何が起きた」を導くための「どういう状況で」が最重視される作品で、警察学校の教室（＝教場）という限られた場所を主舞台にしながら、そこに居合わせた者の心理状態や人間関係の組み合わせによって無数の「状況」が生み出されうるということを長岡は読者に証明してみせたのだった。二〇一六年には続篇『教場2』も刊行されている。

その『教場』の翌年に発表されたのが本書で、現時点において長岡が持てる技巧のショーケースともいえる作品集だ。ここを起点にして過去作に遡《さかのぼ》るもよし、短篇作家としてますます熟練度を上げている近作にとりかかるのも一興で、格好の入門書となるはずである。これ以降の著作は二〇一四年に、ライバル関係にある二人の警察官の関係を描いた連作集『群青のタンデム』（角川春樹事務所→現・ハルキ文庫）があり、二〇一六年には前出の『教場2』、『赤い刻印』（双葉社）、『白衣の嘘』（KADOKAWA）、『時が見下ろす町』（祥伝社）と四冊もの刊行があった。

このうち『赤い刻印』には第一短篇集『陽だまりの偽り』につながる作品が収められているなど、初期からのファンには嬉しい趣向がある。『白衣の嘘』は医療と人命に関わる作品を集めた連作集で医療小説としても注目される内容になっている（日本医療小説大賞が前年度をもって廃止されたのが残念だ）。『時が見下ろす町』は、発表順の異なる短篇を入れ替えて収録し、全体を一つの物語として構成した点に短篇集としての味がある。東野圭吾『新参者』（二〇〇九年。現・講談社文庫）を思い出す読者もあるのではないだろうか。長岡はこのように多彩な方向性を見せつけ、さらに羽ばたこうとしているのである。

繰り返しになるが、ミステリー小説とは単なる謎解きパズルではない。一つの謎にはさまざまな要素が含まれるが、特に、それがいかにして出来上がり、事件として現出することになったか、という状況設定こそが肝なのである。長岡によって丹念に紡《つむ》がれた物語は読者に、自分がその渦中にいるかのような錯覚を与えるだろう。謎の中にようこそ。

二〇一七年一月

この作品は2014年2月徳間書店より刊行されました。
なお、本作品はフィクションであり実在の個人・団体などとは一切関係がありません。

徳間文庫

波形《はけい》の声《こえ》

2017年2月15日 初刷
2021年7月20日 3刷

著者 長《なが》岡《おか》弘《ひろ》樹《き》
発行者 小宮英行
発行所 株式会社 徳間書店
東京都品川区上大崎三-一-一 〒141-8202
目黒セントラルスクエア
電話 編集〇三(五四〇三)四三四九
販売〇四九(二九三)五五二一
振替 〇〇一四〇-〇-四四三九二
印刷 本郷印刷株式会社
製本 ナショナル製本協同組合

ISBN978-4-19-894197-0